CONTOS DE FANTASMAS
(SEM NATAL)

CHARLES DICKENS

CONTOS DE FANTASMAS (SEM NATAL)

Tradução de Antonio Carlos Olivieri,
Maria Regina de Almeida e George Schlesinger

NOVALEXANDRIA

1ª edição – São Paulo – 2019

© *Copyright* Editora Nova Alexandria
2019 – Em conformidade com a Nova Ortografia.

Todos os direitos reservados.
Editora Nova Alexandria Ltda.
Rua Engenheiro Sampaio Coelho, 111
04261-080 São Paulo, SP
Fone: (11) 2215-6252
Site: www.lojanovaalexandria.com.br

Coordenação editorial: Juliana Messias
Revisão: Lucas de Sena Lima e Augusto Rodrigues
Capa: Maurício Mallet
Editoração eletrônica: SGuerra Design e Eduardo Seiji Seki

Dados Internacionais de Catalogação na Publicação
(CIP) Angélica Ilacqua CRB-8/7057

Dickens, Charles
 Contos de fantasmas (sem natal) / Charles Dickens; traduzido por Antonio Carlos Olivieri, Maria Regina Almeida, George Schlesinger. – São Paulo : Editora Nova Alexandria, 2019.
 156 p.

ISBN: 978-85-7492-468-7

1. Literatura clássica 2. Contos de terror e mistério I. Título II. Olivieri, Antonio Carlos III. Almeida, Maria Regina IV. Schlesinger, George

13-0860   CDD 808.83

Índices para catálogo sistemático:

1. Contos de terror

SUMÁRIO

APRESENTAÇÃO – Os fantasmas de Charles Dickens, 7

Manuscrito de um louco, 13

O barão de Grogzwig, 25

Confissão encontrada em uma prisão da época de Charles II, 39

Para ser lido no crepúsculo, 51

Quatro histórias de fantasmas, 69

A história do pintor de retratos, 87

Julgamento por assassinato, 111

O homem do sinal, 127

Biografias, 147

APRESENTAÇÃO

OS FANTASMAS
DE CHARLES DICKENS

Você acredita em fantasmas? Charles Dickens,[1] provavelmente, acreditava. Tanto que foi um dos primeiros membros do *The Ghost Club*, de Londres, uma sociedade dedicada à investigação de fenômenos paranormais, fundada em 1862, que permanece em atividade até os dias de hoje (www.ghostclub.org.uk). Mas o interesse do escritor pelo assunto é bem anterior a isso e data de sua infância, nele se misturando a curiosidade pelo sobrenatural e o amor à literatura.

Durante os primeiros anos de sua infância, antes de seu pai ser preso e deixar a família num grande aperto financeiro, Dickens esteve aos cuidados de uma babá chamada Mary Weller, que, segundo o depoimento do autor, era uma fantástica contadora de histórias e tinha um gosto muito particular pelas histórias de fantasmas. Quando Miss Weller deixou a família Dickens, o pequeno Charles já era alfabetizado e supriu

---
[1] Veja a biografia no fim deste volume.

a ausência da narradora doméstica comprando semanalmente uma revista intitulada *The Terrific Register*, especializada em contos de terror e mistério.

A prisão do pai, porém, com a consequente bancarrota da família, transformou Charles Dickens num jovem operário numa fábrica de graxa para sapatos e lhe mostrou outros horrores, os da difícil situação em que viviam os trabalhadores e os pobres em geral na sociedade recém-criada pela Revolução Industrial. É bem conhecida dos estudiosos da obra do autor a influência que esse evento da vida pessoal de Dickens exerceu em sua obra – particularmente em romances como *Oliver Twist* e *David Copperfield*, cujo caráter autobiográfico é evidente.

De qualquer modo, como já dissemos, o interesse pelo sobrenatural não desapareceu, resultando em diversos contos de fantasmas ou *ghost stories*, entre os quais se destacam os que compõem este volume. Antes de falar deles, contudo, é importante lembrar que o mais célebre dos contos de Dickens, "Um cântico de Natal" (*A Christmas Carol*), também contém fantasmas ou espíritos. Seu papel é trazer ao protagonista, o avarento Ebenezer Scrooge, a consciência de que há coisas muito mais importantes do que o dinheiro, de modo a fazê-lo compreender o significado do Natal.

Os espíritos de "Um cântico de natal", no entanto, não são propriamente os personagens que se esperam de uma *ghost story*, pois eles só provocam medo no próprio Ebenezer Scrooge. De uma *ghost story*, de fato, o que se espera é que ela provoque medo no leitor, colocando-o diante da incômoda emergência do sobrenatural em meio à realidade cotidiana. É precisamente isso que se verá nos contos deste livro, que pretendem, sim, deixar o leitor sobressaltado. No entanto, também apresentam uma visão abrangente da diversificada produção literária de Charles Dickens, que foi um dos maiores escritores do século XIX, século a que pertenceram alguns dos grandes escritores de todos os tempos.

"Manuscrito de um louco", o primeiro conto do volume, data de 1836 e, apesar de ser um texto autônomo, faz parte do primeiro romance de Dickens, *The Pickwick Papers*, que conheceu diversas versões para o português, com títulos sempre variados. Nele, o fantasma ainda é um elemento secundário, mas sua presença demonstra que o interesse do autor pela questão se manifestou desde o início de sua produção literária.

A seguir, em "O barão de Grogzwig", de 1838, o fantasma tem, sim, um papel importante na trama, mas, como no "cântico de Natal", sua função é trazer à consciência o protagonista, no caso, um barão falido, que está flertando com o suicídio. Sem entrar em detalhes para não comprometer a narrativa, o conto traz características marcantes do estilo dickensoniano, como o tom farsesco, quase teatral do narrador, e o preciosismo na elaboração das frases.

No terceiro conto da coletânea, datado de 1841, "Confissão encontrada em uma prisão da época de Charles II", os fantasmas nem sequer aparecem de verdade. Mesmo assim, ele não pode deixar de figurar numa antologia como esta, devido à semelhança que apresenta com os contos de um especialista no gênero do terror, o norte-americano Edgar Allan Poe, particularmente em obras-primas como "O gato preto" e "O coração denunciador". Curiosamente, nenhum dos dois autores deve ter conhecido o trabalho do outro.

A seguir, vem uma sequência de contos que bem poderiam figurar nos anais do *The Ghost Club*. Trata-se de pequenos relatos de aparições fantasmagóricas, que, em "Para ser lido no crepúsculo" (1852), ainda tem alguma elaboração literária, por meio da qual o autor dá voz a dois personagens, cada qual contando uma aventura extraordinária. Já nos três contos seguintes, "Quatro histórias de fantasmas", "A história do pintor de retratos" e "Julgamento por assassinato", a preocupação estilística desaparece, de modo que o leitor parece estar diante de um relatório (muito bem escrito, diga-se) de fatos supostamente reais.

Para quem está mais interessado em fantasmas do que em literatura, convém mencionar uma circunstância atinente à primeira das "Quatro histórias" e à "História do pintor de retratos". As "Quatro histórias" foram originalmente publicadas em 1859, na revista semanal *All the Year Round*, fundada, editada e redigida por Dickens. Pouco depois da publicação, o autor recebeu a carta de um leitor, afirmando que a primeira das "Quatro histórias" tinha acontecido realmente e que ele – o autor da carta – era o personagem de carne e osso a quem a história se referia.

Pois bem, Dickens abriu espaço para que o missivista contasse sua versão dos fatos e é ela que se vai ler em "A história do pintor de retratos". Trata-se de um caso inequívoco em que ficção e realidade se misturam, sendo que tanto uma quanto a outra dão conta de um evento paranormal, em que um fantasma não pode ir embora antes de cumprir uma obrigação em relação a um ente querido. Ainda hoje, quase cento e cinquenta anos depois, são leituras que impressionam.

Impressionante também é o "Julgamento por assassinato", em que o fantasma da vítima de um criminoso interfere no seu julgamento, para impedir que ele seja inocentado. O que chama a atenção aqui é a objetividade da narrativa e o realismo com que se apresenta uma intervenção sobrenatural. O próprio Dickens parece se sentir incomodado com a situação que apresenta ao leitor, a ponto de colocar logo abaixo do título uma advertência: "Para ser lido com cautela".

O volume se encerra com uma obra-prima em matéria de *ghost stories*: "O homem do sinal", de 1866, que tem como protagonista um funcionário de estrada de ferro e que trata de acidentes ferroviários. O conto veio a público um ano depois de um acidente ferroviário sofrido pelo próprio Dickens, em que por muito pouco ele não perdeu a vida. Trata-se de um texto para agradar tanto quem aprecia uma boa história de mistério, quanto quem é fã de literatura, pois nele se revela a grandeza literária de Dickens, enquanto narrador.

MANUSCRITO DE UM LOUCO[2]
(1836)

É! – de um louco! Como essa palavra teria me ferido o coração há alguns anos! Como teria evocado o terror que me atingia às vezes, fazendo o sangue ferver e borbulhar em minhas veias, até que o frio orvalho do medo se espalhasse em grandes gotas na minha pele, e meus joelhos tremessem de pânico! No entanto, agora gosto dela. É uma bela palavra. Mostra o monarca cujo ar de fúria sempre assusta, assim como o brilho do olhar de um louco, cuja corda e o machado já foram ao menos em parte tão certos como a garra de um louco. Ha! Ha! É meio majestoso ser louco! Ser visto como um leão selvagem entre grades de ferro – ranger os dentes e rugir pela longa noite afora, no alegre anel de uma grossa corrente – rolar e se enrolar em meio à palha, transportado

---

[2] Apesar de se tratar de uma narrativa autônoma, esse conto foi publicado originalmente no romance *The Pickwick Papers*, que foi traduzido para o português e teve várias edições no Brasil e em Portugal, com títulos diversos, tais como *As aventuras do sr. Pickwick* e *Os documentos de Pickwick*.

por uma música tão animada. Viva o manicômio! Ah, este é um lugar sem igual!

Lembro-me dos dias em que tinha *medo* de estar louco; em que costumava acordar sobressaltado e cair de joelhos, e rezar para ser poupado da maldição de minha raça; em que eu fugia de qualquer sinal de alegria ou felicidade para me esconder em algum lugar solitário e despender exaustivas horas a observar o progresso da febre que me consumia o cérebro. Sabia que a loucura corria pelo meu sangue e a medula dos meus ossos! Que uma geração da família morreu sem que a praga tivesse aparecido e eis que eu seria o primeiro a revivê-la. Sabia que tinha de ser assim; havia sido sempre assim e assim seria sempre. E quando me escondia temerosamente em algum canto de uma sala cheia de gente e via as pessoas sussurrarem e me apontarem, e virarem seus olhos em minha direção, sabia que estavam contando uns aos outros histórias sobre o condenado à loucura; e furtivamente me afastava para de novo me lastimar a sós.

Assim agi anos a fio; foram longos, longos anos. As noites aqui são longas; às vezes, bastante longas; mas não se comparam às noites mal dormidas e aos sonhos terríveis que um dia tive. Sinto o sangue gelar só de me lembrar deles. Grandes formas sombrias, com rostos dissimulados e zombeteiros, agachadas nos cantos da sala, ou debruçadas na minha cama, com a tentação da loucura. Diziam-me em sussurros que o chão da velha casa onde o pai de meu pai morrera estava manchado com seu sangue, derramado por suas próprias mãos, em um ataque de loucura. Enfiei os dedos nos ouvidos, mas elas gritavam no interior de minha cabeça, até que o próprio quarto retumbasse, gritavam que a loucura adormecera na geração antes dele, mas que seu avô vivera vários anos com as mãos presas ao chão, para evitar que arrancasse pedaços de si mesmo. Sabia, sabia muito bem, que me diziam a verdade. Havia descoberto isso anos antes, apesar de terem tentado esconder de mim. Ha! Ha! Eu era muito esperto para os que me achavam louco.

Finalmente entendi e me perguntei como pude sentir tanto medo. Podia enfrentar o mundo agora e rir e gritar com os melhores entre eles. Eu sabia que era louco, mas eles nem ao menos suspeitavam. Como eu costumava me abraçar, deliciado, ao pensar na bela peça que lhes havia pregado, após terem me apontado seus dedos e seus olhares maliciosos, quando eu ainda não estava louco, apenas temia a possibilidade de vir a sê-lo. E como eu costumava rir de felicidade quando estava sozinho e pensava em quão bem conseguira guardar meu segredo e quão rapidamente meus amigos teriam me abandonado se soubessem da verdade. Eu poderia ter gritado em êxtase quando, jantando sozinho com algum velho e extravagante companheiro, imaginava-o empalidecer e correr rapidamente ao saber que seu querido amigo, ali, sentado diante dele, afiando uma faca reluzente, era um louco, com todo o poder e quase toda a coragem necessária para enfiá-la em seu coração. Ah, essa era uma vida feliz!

Riquezas tornaram-se minhas, e derramavam-se em cima de mim, e eu me insurgia em prazeres amplificados exponencialmente, devido à consciência do meu bem-guardado segredo. Recebi uma herança. A lei – a própria lei de olhos de águia – fora ludibriada e uma disputada fortuna foi entregue nas mãos de um louco. Onde estava a sagacidade dos perspicazes homens de mente sã? Onde a eficiência dos advogados ávidos por descobrir tecnicalidades? A astúcia do louco sobrepujara a todos.

Eu tinha dinheiro. E como era cortejado! Esbanjava à vontade. E como era elogiado! Como aqueles três irmãos orgulhosos e arrogantes se humilharam diante de mim! O velho pai de cabelos brancos também – quanta deferência – quanto respeito – quanta devoção à amizade – ele me idolatrava! O velho tinha uma filha e os jovens uma irmã; e os cinco eram pobres. Eu era rico. Quando me casei com a garota, percebi um sorriso de triunfo a pairar nas faces de seus parentes necessitados, enquanto pensavam no seu bem planejado golpe e no seu maravilhoso prêmio. Era mesmo para sorrir. Sorrir? Rir descaradamente, puxar meus cabelos e rolar pelo chão aos gritos de hilaridade. Eles mal podiam imaginar que a haviam casado com um louco.

Pois bem. Se soubessem a verdade, tê-la-iam salvado? A felicidade de uma irmã contra o ouro de um marido. A mais leve pena eu sopro para o alto, contra as correntes de alegria que ornamenta meu corpo! Em uma coisa, porém, fui enganado, apesar de toda a minha esperteza. Se não estivesse louco – pois nós, loucos, apesar de nossa suficiente inteligência, nos confundimos às vezes – eu deveria ter percebido que a garota preferiria ter-se colocado fria e dura num caixão pesado, a ter-se despachado de véu e grinalda para minha rica e majestosa casa. Deveria ter percebido que seu amor era para o rapaz de olhos negros cujo nome a ouvi murmurar uma vez em seu sono; e que ela fora sacrificada a mim para aliviar a pobreza do velho de cabelos brancos e dos irmãos orgulhosos.

Não me recordo agora de formas ou rostos, mas sei que a moça era bonita. Sei que era; pois nas noites claras de lua cheia, quando acordo sobressaltado e tudo é quietude ao meu redor, vejo, em pé, parada e imóvel num canto desta cela, uma figura leve e esguia de longos cabelos negros, os quais, caindo-lhe pelas costas, agitam-se a um vento sobrenatural, e de olhos que se fixam em mim e nunca piscam ou se fecham. Calma! O sangue congela em meu coração enquanto escrevo – aquela forma é *dela*; a face muito pálida e os olhos brilhantes como cristal; esse fantasma nunca se mexe, nunca faz as caretas dos outros, que enchem este lugar às vezes; mas é muito mais assustador para mim, até mais do que os espíritos que me tentavam muitos anos atrás – ela vem tão cheia de vida da sepultura; e é ao mesmo tempo tão mórbida!

Ao longo de quase um ano, vi seu rosto ficar gradativamente mais pálido; ao longo de quase um ano, vi as lágrimas lhe caírem pela face enlutada e nunca soube a causa. No entanto, descobri afinal. Não havia mais como esconder de mim. Ela nunca gostou de mim; nunca achei que gostasse; desprezava minha fortuna e odiava o esplendor em que vivia; mas eu não esperava por aquilo. Ela amava outro. Isso eu nunca poderia ter imaginado. Sentimentos estranhos tomaram conta de mim e um pensamento, imposto a mim por algum secreto poder, girava sem parar em meu cérebro. Eu não a odiava, apesar de detestar o rapaz por quem ela ainda derramava suas lágrimas. Tinha pena – sim, tinha pena da vida miserável à qual a haviam sentenciado seus parentes, frios e calculistas. Sabia que ela não viveria muito; mas o pensamento de que, antes de morrer, pudesse dar à luz alguma criatura infeliz, destinada a passar a loucura à sua descendência, me fez tomar uma decisão. Resolvi matá-la.

Durante várias semanas pensei em veneno e depois em afogamento e depois num incêndio. Uma bela visão, a mansão em chamas, e a esposa do louco ardendo nas labaredas e se transformando em cinzas. Pense na farsa de uma grande recompensa e, também, na de algum homem sensato balançando na ponta de uma corda por um ato que nunca cometeu, tudo devido à astúcia de um louco. Pensei muito a respeito disso, mas acabei desistindo. Ah! o prazer de afiar uma navalha dia após dia, sentindo sua lâmina cortante imaginando o talho profundo que faria um golpe dessa fina e brilhante lâmina!

Afinal, os velhos espíritos que comigo estiveram com tanta frequência, antes, sussurraram em meu ouvido que a hora tinha chegado, e jogaram a navalha aberta em minhas mãos. Segurei-a com firmeza, levantei-me suavemente da cama e inclinei-me sobre minha esposa adormecida. Seu rosto estava escondido entre as mãos. Movi-as cuidadosamente e elas lhe caíram imóveis sobre o peito. Havia chorado, pois ainda havia traços de lágrimas em sua face. Seu rosto estava calmo e plácido; e, até quando olhei para ele, um sorriso tranquilo lhe iluminou os traços pálidos. Pousei minha mão gentilmente em seu ombro. Ela teve um sobressalto – talvez apenas um sonho fugaz. Inclinei-me novamente. Ela gritou e acordou.

Um movimento de minha mão e ela nunca mais daria nenhum outro grito nem emitiria qualquer som. Mas assustei-me e recuei. Seus olhos estavam fixos nos meus. Eu não sabia como, mas eles me intimidavam e amedrontavam; e eu tremi diante deles. Ela levantou-se da cama, ainda olhando fixa e firmemente para mim. Tremi, a navalha estava em minhas mãos, mas eu não consegui me mexer. Minha mulher andou para a porta. Conforme eu me aproximava dela, virou-se e desviou os olhos de meu rosto. O encanto se quebrou. Saltei para frente e agarrei-a pelo braço. Com vários gritos seguidos, ela afundou no chão.

Agora, eu deveria tê-la matado sem luta; pois a casa estava em alarde. Ouvi o rumor de passos na escada. Recoloquei a navalha em sua gaveta habitual, abri a porta e gritei por ajuda. Vieram, levantaram-na e colocaram-na na cama. Ela jazeu, inanimada, por horas e quando a vida, o olhar e a fala lhe voltaram, sua sensatez a havia abandonado e ela delirava, louca e furiosamente.

Médicos foram chamados – grandes homens que se deslocaram até minha porta em carruagens, com belos cavalos e elegantes criados. Ficaram ao lado de sua cama por semanas. Convocaram uma grande junta e se consultaram uns aos outros, em vozes baixas e solenes, na outra sala. Um deles, o mais inteligente e celebrado entre eles, levou-me para o canto e, pedindo que me preparasse para o pior, disse – a mim, o louco! – que minha mulher tinha ficado louca. O médico ficou bem perto de mim sob a janela, seus olhos a escrutinar meu semblante e a mão pousada em meu braço. Com um pouco de esforço, eu poderia tê-lo arremessado no olho da rua. Teria sido um excelente exercício fazê-lo; mas meu segredo estava em jogo e deixei-o ir. Alguns dias depois, disseram-me que eu deveria colocá-la sob vigilância: deveria providenciar um guarda para ela. *Eu*! Saí para campo aberto, onde ninguém poderia me ouvir, e ri até que o próprio ar reverberasse com meus gritos.

Minha mulher morreu no dia seguinte. O velho de cabelos brancos a acompanhou até a sepultura e os orgulhosos irmãos derramaram uma lágrima sobre seu cadáver insensível, cujos sofrimentos haviam encarado, em vida, com uma frieza de pedra. Tudo isso alimentava minha secreta alegria e, atrás do lenço branco que segurava sobre o rosto, eu ria, até as lágrimas brotarem em meus olhos, enquanto íamos para casa.

Contudo, apesar de atingir o meu objetivo ao matá-la, eu estava agitado e aborrecido, sentia que em pouco tempo meu segredo havia de ser descoberto. Não conseguia esconder o júbilo selvagem e a alegria que fervilhavam dentro de mim e me faziam, quando estava só em casa, saltar e bater palmas, dançar ao redor do quarto e me vangloriar em voz alta.

Quando saía de casa, e via a multidão a correr pelas ruas, ou ir ao teatro, e ouvia o som da música e observava as pessoas dançando, sentia tamanha euforia que poderia ter avançado contra elas e as esquartejado, membro por membro, e uivado em êxtase. Mas cerrei os meus dentes e firmei os pés no chão, enterrei minhas unhas afiadas nas palmas das mãos. Disfarcei e ninguém ainda ficou sabendo que eu era um louco.

Recordo – embora seja uma das últimas coisas de que me recordo: pois agora misturo as realidades e os sonhos, e com tanto a fazer e estando sempre na correria, não tenho tempo para separar os dois nessa estranha confusão em que se mesclam – recordo-me de como finalmente deixei escapar. Ha! Ha! Acho que consigo ver seus olhares amedrontados agora e sinto a facilidade com que os desviei de mim, e lancei meus punhos cerrados em suas pálidas faces, e então voei com o vento, e deixei-os aos gritos e berros lá atrás.

A força de um gigante emerge em mim, quando penso nisso. Eis aqui – veja como esta barra da grade de ferro se curva ao aperto de minhas mãos furiosas. Poderia quebrá-la como a um graveto, mas só que há galerias muito longas por aqui, com muitas portas – não creio que conseguiria achar meu caminho por meio delas; e mesmo que pudesse, há portões de ferro lá embaixo, que deixam trancados e obstruídos. Sabem que tenho sido um louco muito esperto e estão orgulhosos por ter-me aqui, em exibição.

Deixe-me ver... ah sim, eu havia saído! Era tarde da noite quando cheguei em casa, e encontrei o mais orgulhoso dos três irmãos orgulhosos à minha espera – negócios urgentes, disse ele, lembro-me bem. Eu odiava aquele homem, com o ódio de um louco. Muitas e muitas vezes senti meus dedos loucos por estrangulá-lo. Disseram-me que estava lá. Subi rapidamente as escadas. Ele queria falar comigo. Dispensei os criados. Era tarde, e estávamos a sós – *pela primeira vez*.

A princípio, mantive meus olhos longe dos dele, pois sabia que, embora ele não desconfiasse – e eu me vangloriava de saber isso – a luz da loucura emanava de meus olhos como fogo. Sentamo-nos em silêncio por alguns minutos. Finalmente, ele tomou a palavra. Minha boemia recente e algumas observações estranhas, feitas logo após a morte da irmã, eram um insulto à sua memória. Somando-se isso a outras circunstâncias que lhe haviam escapado inicialmente, achava que eu não a havia tratado bem. Queria saber se estava certo em inferir que eu pretendia ultrajar-lhe memória e desrespeitar sua família. Era um dever do uniforme que usava exigir essa explicação.

Esse homem tinha um posto no exército – um posto comprado com meu dinheiro e com a desgraça de sua irmã! Foi esse homem o principal elemento na trama para me enredar e abocanhar minha fortuna. Foi esse homem o principal instrumento a forçar sua irmã a casar comigo; sempre sabendo que seu coração pertencia àquele menino chorão. Por causa de *seu* uniforme! A farda de sua degradação! Olhei para ele – não pude evitar – mas não disse uma palavra. Vi a mudança repentina que meu olhar lhe provocou. Era um homem corajoso, mas a cor fugiu-lhe das faces, e ele puxou a cadeira para trás. Aproximei dele a minha; e enquanto ria – pois estava muito feliz – vi-o tremer. Senti a loucura aumentar dentro de mim. Ele tinha medo.

– Gostavas muito de tua irmã em vida – eu disse. – Muito. Olhou em volta, parecendo incomodado, e vi sua mão apertar o encosto da cadeira; mas o tipo não disse nada.

– Canalha! – eu disse – Desmascarei-te! Descobri teus planos infernais contra mim; sei que o coração dela pertencia a outro alguém, antes de a teres convencido a desposar-me. Eu sei – eu sei.

De repente, ele pulou da cadeira, levantando-a no ar e me ordenou não avançar mais – pois eu tivera o cuidado de ir-me aproximando mais e mais, enquanto falava. Eu gritava, mais do que falava, pois sentia violentas paixões circulando em minhas veias, e os velhos espíritos sussurrando e me incitando a lhe arrancar o coração.

– Desgraçado! – eu disse, levantando-me e correndo até ele. – Eu a matei. Eu sou louco. Agora é tua vez! Quero sangue! Sangue!

De um golpe, afastei a cadeira que ele jogara para cima de mim, em seu pânico, e me encostei nele; com um forte estrondo, rolamos juntos no chão. Foi uma bela luta, aquela; porque ele era um homem alto e forte, lutando por sua vida; e eu, um louco todo-poderoso, sedento de destruição. Não havia força igual à minha, eu tinha certeza. Uma vez mais, certeza, apesar de ser louco! Suas forças se esvaíram gradativamente. Ajoelhei-me sobre seu peito e agarrei-lhe a rija garganta com as duas mãos. Seu rosto ficou roxo; seus olhos saltaram das órbitas, e com a língua para fora, ele parecia debochar de mim. Apertei mais forte ainda...

A porta foi subitamente aberta com um estrondo e um bando entrou às pressas, gritando um com o outro para segurar o louco. Meu segredo tornara-se público; e minha única luta, agora, seria por segurança e liberdade. Levantei-me ligeiro antes que alguém me tocasse, joguei-me entre os invasores e abri caminho no braço, como se brandisse uma machadinha, e os derrubei diante de mim. Cheguei à porta, escorreguei pelo corrimão e num instante estava nas ruas.

Corri veloz, incessantemente, e ninguém se atreveu a me interromper. Ouvi o rumor de passos atrás de mim e redobrei a velocidade. O som se tornou cada vez mais baixo com a distância e por fim desapareceu por completo; mas eu segui adiante, através do pântano e do riacho, sobre as cercas e os muros, com um grito selvagem que assustava os estranhos seres que por todos os lados me cercavam e gritei ainda mais alto, até que o som perfurasse o ar.

Demônios que voavam com o vento carregavam-me em seus braços e derrubavam tudo à sua frente, e me giravam e giravam, fazendo minha cabeça rodar, até que finalmente, com um violento tranco, me atiraram para longe, e caí pesadamente sobre o chão. Ao acordar, encontrei-me aqui – aqui nesta cela cinza, onde a luz do sol raramente entra e a lua brilha enviesada, com raios que servem apenas para mostrar as negras sombras ao meu redor, e aquela figura silenciosa no canto. Quando estou acordado, posso às vezes ouvir estranhos gritos vindos de recantos distantes deste lugar. O que são, não sei; mas eles não vêm daquela figura pálida que nada tem a ver com eles. Porque, desde as primeiras notas do anoitecer até as centelhas iniciais da manhã, ela ainda permanece ali parada, no mesmo lugar, ouvindo a melodia dos meus grilhões e olhando eu me revirar neste catre de palha.

O BARÃO DE GROGZWIG
(1838)

O Barão Von Koeldwethout de Grogzwig, na Alemanha, era um jovem barão tão típico quanto se deseja ver. Não preciso dizer que vivia num castelo, porque é óbvio; tampouco que ele vivia num castelo antigo; pois que barão germânico alguma vez viveu num castelo novo? Havia muitas circunstâncias estranhas ligadas a esse venerável edifício, entre as quais, não menos estarrecedora e misteriosa, a de que quando soprava o vento, este troava nas chaminés, ou chegava a uivar entre as árvores da floresta vizinha; e que quando brilhava a lua, esta se insinuava através de certas pequenas brechas na parede, chegando a efetivamente iluminar bastante algumas partes dos amplos salões e galerias, ao mesmo tempo que deixava outras em lúgubre penumbra. Creio que um dos ancestrais do barão, estando curto de dinheiro, enfiou uma adaga em um cavalheiro que certa noite surgiu perguntando o caminho, e se supôs *sim* que essas milagrosas ocorrências passaram a ocorrer em consequência.

E, todavia, mal consigo entender como isto pode ter acontecido, também porque o ancestral do barão, um homem amigável, posteriormente lamentou ter sido tão áspero e, apossando--se violentamente de uma quantidade de pedras e madeira pertencentes a um barão mais fraco, construiu uma capela como pedido de desculpas, obtendo assim um recibo do Céu, de acordo com todos os requisitos.

Falar do ancestral do barão me traz à mente as grandes reivindicações de respeito do barão, em virtude de sua linhagem. Receio dizer, disso estou certo, quantos ancestrais o barão teve; mas sei que teve muito mais do que qualquer outro homem de sua época; e desejo somente que houvesse vivido nestes últimos tempos, pois assim teria tido mais. É algo muito difícil para os grandes homens de séculos passados ter vindo ao mundo tão cedo, pois, alguém que nasceu três ou quatro séculos atrás não pode razoavelmente esperar ter tido antes de si igual número de gerações que um homem nascido agora. O último homem, quem quer que seja – e poderá ser um remendão ou algum pobretão vulgar, pelo que podemos saber – terá uma linhagem mais longa do que o maior nobre que vive agora; e eu afirmo que isto não é justo.

Bem, o Barão Von Koeldwethout de Grogzwig! Era um sujeito moreno distinto, de cabelo escuro e grandes bigodes, que nas caçadas cavalgava em roupas de verde-floresta, e botas avermelhadas nos pés, e uma trompa pendente do ombro como o guarda de um grande cenário. Ao soprar sua trompa, vinte e quatro outros cavalheiros de classe inferior, num verde-floresta ligeiramente mais grosseiro, e botas avermelhadas com solas um pouco mais grossas, surgiam de imediato: e a galope saía toda a fila, com lanças nas mãos que pareciam corrimões laqueados, para caçar javalis, ou talvez encontrar um urso: e neste último caso o barão o matava primeiro, e untava suas suíças com ele depois.

Era uma vida feliz a do Barão Grogzwig, e mais feliz ainda para seus acompanhantes, que tomavam vinho do Reno toda noite até caírem sob a mesa, e aí traziam as garrafas para o chão, e pediam por cachimbos. Jamais houve espertalhões tão folgazões, fanfarrões, foliões e farristas como a jovial turma de Grogzwig.

Mas os prazeres da mesa, ou os prazeres de sob a mesa, requerem um pouco de variedade: sobretudo quando as mesmas vinte e cinco pessoas sentam-se diariamente ao redor da mesma mesa, para discutir os mesmos temas, e contar as mesmas histórias. O barão acabou se cansando, e queria agitação. Deu-se a brigar com seus cavalheiros, tentando chutar dois ou três deles todo dia após o jantar. De início, foi uma mudança prazerosa; porém, depois de uma semana ou tanto tornou-se monótona, e o barão sentiu-se bastante insatisfeito, e pôs-se a perambular, desesperado, em busca de novas diversões.

Certa noite, após o passatempo do dia, no qual superara Nimrod ou Gillingwater, e trucidara "outro belo urso", trazendo-o para casa em triunfo, o Barão Von Koeldwethout sentou-se mal-humorado à cabeceira da mesa, observando o enfumaçado teto do salão com aspecto descontente. Engoliu copos imensos de vinho, porém quanto mais engolia, mais franzia o cenho. Os cavalheiros honrados com a perigosa distinção de sentar-se à sua direita ou à sua esquerda, imitavam-no na bebida, e franziam o cenho um para o outro.

– Eu vou! – gritou o barão subitamente, golpeando a mesa com a mão direita, e enrolando seu bigode com a esquerda. – Encham os copos para a Lady de Grogzwig.

Os vinte e quatro verdes-floresta empalideceram, com exceção de seus vinte e quatro narizes, que não se modificaram.

– Eu disse, para a Lady de Grogzwig – repetiu o barão, olhando em torno da mesa.

– À Lady de Grogzwig! – berraram os verdes-floresta; e pelas vinte e quatro gargantas abaixo escorreram vinte e quatro imperiais talagadas de tão raro e envelhecido vinho, que estalaram seus quarenta e oito lábios, e novamente piscaram.

– À bela filha do Barão Von Swillenhausen – disse Koeldwethout, dignando-se a explicar. – Nós a exigiremos de seu pai em casamento, antes que o sol se ponha amanhã. Se ele recusar nossa demanda, cortaremos fora o seu nariz.

Um murmúrio rouco ergueu-se da companhia; cada homem tocou, primeiro o punho de sua espada, depois a ponta de seu nariz, com assombrosa resolução.

Que coisa agradável é contemplar a devoção filial! Se a filha do Barão Von Swillenhausen houvesse pleiteado um coração pleno de preocupação, ou se lançado aos pés de seu pai inundando-os de lágrimas salgadas, ou simplesmente desmaiado, e cumprimentado os velhos cavalheiros em exclamações frenéticas, as chances seriam de cem para um que o Castelo de Swillenhausen teria se recusado de imediato, ou melhor, o barão teria se recusado de imediato, e o castelo demolido. A donzela, porém, manteve a compostura quando, na manhã seguinte, um emissário antecipado levou a solicitação de Von Koeldwethout, e recatadamente retirou-se para seus aposentos, de cuja janela observou a chegada do pretendente e seu séquito. Mal assegurou-se de que o cavaleiro de grandes bigodes era seu intentado marido, correu para a presença do pai, expressando sua disposição em sacrificar-se em troca de sua paz. O venerável barão tomou sua menina nos braços, e seus olhos cintilaram de júbilo.

Houve um grande banquete no castelo, nesse dia. Os vinte e quatro verdes-floresta de Von Koeldwethout trocaram votos de eterna amizade com doze verdes-floresta de Von Swillenhausen, prometendo ao velho barão que beberiam seu vinho "até ficarmos azuis" – provavelmente querendo dizer até o momento que todos seus semblantes estivessem da mesma tonalidade que seus narizes. Deram-se todos palmadas mútuas nas costas, quando chegou a hora de partir; e o Barão Von Koeldwethout e seus seguidores cavalgaram alegremente para casa.

Durante seis mortais semanas, ursos e javalis tiveram folga. As casas de Koeldwethout e Swillenhausen estavam unidas; as lanças criaram ferrugem; e a trompa do barão ficou rouca por falta de sopro.

Foram grandes dias para os vinte e quatro; mas, ai deles! os dias de enlevo e felicidade haviam calçado botas, e já começavam a ir-se embora por conta própria.

– Meu querido – disse a baronesa.

– Meu amor – disse o barão.

– Esses homens grosseiros, barulhentos...

– Quais, minha senhora? – disse o barão, assustado.

A baronesa apontou, da janela onde estavam, ao pátio embaixo, onde os desavisados verdes-floresta tomavam uma copiosa dose estimulante, preparando-se para lançar-se atrás de um ou dois javalis.

— Minha comitiva de caça, senhora — explicou o barão.
— Disperse-os, amor — murmurou a baronesa.
— Dispersá-los! — gritou o barão, atônito.
— Para me agradar, amor — replicou a baronesa.
— Para agradar ao diabo, senhora — respondeu o barão.

Ao que a baronesa emitiu um forte grito, desfalecendo aos pés do barão.

O que podia o barão fazer? Chamou a criada da esposa, e rugiu por um médico; e então, correndo para o pátio, chutou os dois verdes-floresta mais habituados a seus chutes, e, xingando todos os outros em volta, apelou para que se fossem — não importava para onde. Não conheço o termo em alemão, ou o citaria delicadamente.

Não cabe a mim dizer por que meios, ou em que graus, algumas esposas conseguem manter seus maridos sob controle como o fazem, embora possa ter minha opinião privada sobre o assunto, e possa pensar que nenhum Membro do Parlamento devesse ser casado, muito menos que três membros casados em cada quatro devam votar de acordo com as consciências de suas esposas (se é que tal coisa existe), e não segundo suas próprias. Basta que eu diga, neste momento, que a Baronesa Von Koeldwethout obteve, de uma forma ou outra, grande controle sobre o Barão Von Koeldwethout, e que, pouco a pouco, segundo a segundo, dia a dia, ano a ano, o barão ia levando a pior em alguma questão discutida, ou era manhosamente afastado de algum velho passatempo; e que na época em que passou a ser um sujeito gordo e bonachão de quarenta e oito anos ou algo assim, não tinha mais banquetes, nem festanças, nem comitiva de caça, nem mesmo caça — nada, em suma, do que gostava, ou costumava ter; e que, embora fosse feroz como um leão, e rígido como bronze, era decididamente afrontado e humilhado, por sua própria dama, em seu próprio castelo de Grogzwig.

Tampouco era esta a total extensão dos infortúnios do barão. Um ano após suas núpcias, veio ao mundo um robusto barãozinho, em cuja honra foram espocados fartos fogos de artifício e bebidas enormes quantidades de vinho; mas no ano seguinte chegou uma pequena baronesa, e um ano depois outro jovem barão, e assim por diante, todo ano, ou um barão ou uma baronesa (e num ano, ambos juntos), até que o barão se viu pai de uma pequena família de doze.

A cada um desses nascimentos, a venerável Baronesa Von Swillenhausen ficava nervosamente sensível pelo bem-estar de sua filhinha, a Baronesa Von Koeldwethout; e embora jamais se tenha descoberto nenhuma contribuição substancial feita pela boa dama para a recuperação da filha, ainda assim, para ela era ponto de honra mostrar-se a mais nervosa possível no castelo de Grogzwig, dividindo seu tempo entre observações morais sobre a administração da casa por parte do barão, e lamuriar-se pela dura sorte de sua infeliz filha. E se o Barão de Grogzwig, um pouco ferido e irritado com isto, se magoasse e se aventurasse a sugerir que sua esposa ao menos não estava em situação pior que as esposas de outros barões, a Baronesa Von Swillenhausen rogava a todos que notassem que ninguém, a não ser ela, era solidário com os sofrimentos de sua filha; ao que, comentavam seus parentes e amigos, com toda certeza ela chorava um bocado mais do que seu genro, e que se existisse no mundo algum bruto sem coração, este era o Barão de Grogzwig.

O pobre barão tudo suportou enquanto pôde, e quando não aguentou mais perdeu o apetite e o bom humor, permanecendo sentado com ar melancólico e deprimido. Mas outros problemas piores ainda lhe estavam reservados, e à medida que foram surgindo, sua tristeza e melancolia aumentavam. Os tempos mudaram. Ele contraiu dívidas. O nível dos cofres de Grogzwig baixou, embora a família Swillenhausen os encarasse como inexauríveis; e justamente quando a baronesa estava a ponto de fazer um décimo terceiro acréscimo à linhagem familiar, Von Koeldwethout descobriu que não tinha meios de prove-los.

– Não vejo o que possa ser feito – disse o barão. – Penso que vou me matar.

Era uma ideia brilhante. O barão tirou uma velha faca de caça do armário próximo, e tendo-a afiado em sua bota, fez o que os rapazes chamam de "oferta" na sua garganta.

– Ei! – disse o barão, interrompendo o gesto. – Talvez não esteja afiada o bastante.

O barão voltou a afiá-la, e fez outra oferta, quando sua mão foi detida por uma forte gritaria entre os pequenos barões e baronesas, que tinham uma creche numa torre superior com barras de ferro nas janelas, para impedir que despencassem no fosso.

– Se eu fosse solteiro – disse o barão suspirando –, eu poderia tê-lo feito cinquenta vezes, sem ser interrompido. Alô! Ponham uma garrafa de vinho e o maior cachimbo na pequena saleta privada atrás do salão.

Um dos criados, de maneira muito gentil, executou a ordem do barão no curso de meia hora ou algo assim, e Von Koeldwethout, mantido a par, adentrou a sala privada, cujas paredes, feitas de reluzente madeira escura, cintilavam à luz das toras de lenha ardente empilhadas na lareira. A garrafa e o cachimbo estavam prontos, e, de modo geral, o lugar parecia muito confortável.

– Deixe a lâmpada – ordenou o barão.

– Algo mais, milorde? – inquiriu o criado.

– A saleta – replicou o barão. O criado obedeceu, e o barão trancou a porta.

– Fumarei um último cachimbo – disse o barão – e depois partirei. – Assim, depositando a faca sobre a mesa até o momento que a quisesse, e vertendo um belo volume de vinho, o Lorde de Grogzwig jogou-se sobre a cadeira, esticou as pernas diante do fogo, e soltou algumas baforadas.

Ficou pensando sobre um bocado de coisas – acerca de seus problemas presentes e dos dias passados quando solteiro, sobre os verdes-floresta, há muito dispersos pelo país, ninguém sabia exatamente onde: com exceção de dois que haviam sido desafortunadamente decapitados, e quatro que tinham se matado de beber. Sua mente corria por ursos e javalis, quando, no processo de secar o fundo do copo, ergueu os olhos e viu, pela primeira vez e com ilimitado espanto, que não estava só.

Não, não estava; pois, do lado oposto do fogo, ali se sentava uma enrugada e hedionda figura, de olhos profundamente afundados e injetados de sangue, e uma face imensamente longa e cadavérica, escurecida por tufos salientes e emaranhados de um cabelo negro desgrenhado. Vestia uma espécie de túnica de uma cor azulada pálida, que, observou o barão, olhando com atenção, era afivelada ou ornada na parte dianteira inferior com alças de caixão.

As pernas também estavam encerradas em placas de caixão, como uma armadura; e sobre o ombro esquerdo usava um curto manto escuro, que parecia feito dos restos de alguma mortalha. Não tomou conhecimento do barão, mas fitava o fogo intensamente.

– Olá! – o barão disse, batendo o pé para chamar a atenção.

– Olá! – replicou o estranho, movendo os olhos rumo ao barão, mas não sua face nem seu corpo. – E agora, o quê?

– Agora, o quê! – voltou a replicar o barão, nem um pouco assustado pela sua voz cavernosa e seus olhos opacos. – Eu é que deveria fazer essa pergunta. Como entrou aqui?

– Pela porta – retrucou a figura.

– O que você é? – disse o barão,

– Um homem – retrucou a figura.

– Não acredito – disse o barão.

– Então desacredite – disse a figura.

– Vou desacreditar – retorquiu o barão.

A figura olhou para o audacioso Barão de Grogzwig por algum tempo, e depois disse com familiaridade:

– Não há como convencer você, estou vendo. Eu não sou um homem!

– Então o que é? – indagou o barão.

– Um gênio – replicou a figura.

– Não parece muito – respondeu o barão com desdém.

– Sou o Gênio do Desespero e do Suicídio – disse a aparição. – Agora você me conhece.

Com estas palavras a aparição virou-se para o barão, como que compondo-se para uma conversa – e o mais impressionante foi que, ao jogar o manto para o lado, exibiu uma estaca enfiada pelo centro de seu corpo, arrancou-a com um espasmo e a pousou sobre a mesa, com compostura igual a que se fosse uma bengala.

– Agora – disse a figura, lançando um olhar para a faca de caça –, está pronto para mim?

– Ainda não – retrucou o barão –; devo primeiro terminar o cachimbo.

– Olhe firme então – disse a figura.

– Você parece ter pressa – disse o barão.

– Pois sim, eu tenho – respondeu a figura –; estão aprontando uma bela mixórdia para mim, bem agora na Inglaterra e França, e estou com o tempo bastante tomado.

– Você bebe? – perguntou o barão, tocando a garrafa com o bojo do cachimbo.

– Nove vezes em dez, e bebo pesado – retrucou a figura, secamente.

– Jamais com moderação? – indagou o barão.

– Jamais – replicou a figura, estremecendo –, isto provoca exaltação.

O barão deu mais uma olhada em seu novo amigo, julgando-o um cliente estranhamente singular, e perguntou longamente se ele tomava alguma parte ativa em tais procedimentos mesquinhos que ele contemplara.

– Não – respondeu a figura evasivamente –; mas estou sempre presente.

– Apenas para ver direito, suponho? – disse o barão.

– Apenas isso – replicou a figura, brincando com a estaca e examinando a palmatória. – Seja o mais rápido que puder, por favor, pois há um jovem cavalheiro aflito com dinheiro e lazer demais à minha espera, penso eu.

– Querendo se matar porque tem dinheiro demais! – exclamou o barão, espicaçado. – Há! Há! Essa é boa! (Foi a primeira vez que o barão riu em muitos dias.)

– Eu digo – protestou a figura, parecendo bastante apavorada –, não faça isso de novo.

– Por que não? – questionou o barão.

– Porque me dá dores por todo o corpo – replicou a figura. – Suspire o quanto quiser: isso me faz bem.

O barão suspirou mecanicamente à menção da palavra; a figura se reanimou, estendeu-lhe a faca de caça com persuasiva polidez.

– Não é má ideia, porém – disse o barão sentindo o fio da arma –, um homem se matar por ter dinheiro demais.

– Puuu! – disse a aparição, com petulância –, não é melhor do que um homem se matar porque tem pouco ou nenhum.

Se o gênio se comprometeu não intencionalmente ao dizer isto, ou se pensou que a decisão do barão era tão firme e decidida que não importaria o que ele dissesse, não tenho meios de saber. Sei apenas que o barão conteve sua mão, de súbito, arregalou os olhos e deu a impressão de que uma nova luz o atingira pela primeira vez.

– Bem, certamente – disse Von Koeldwethout – nada é tão ruim que não possa ser recuperado.

– Exceto cofres vazios – gritou o gênio.

– Bem, mas algum dia poderão estar novamente cheios – disse o barão.

– Esposas ranzinzas – rosnou o gênio.

– Ah! É possível calá-las – disse o barão.

– Treze filhos! – berrou o gênio.

– Não pode dar tudo errado, seguramente – disse o barão.

O gênio, é claro, estava ficando irado com o barão por repentinamente manifestar essas opiniões; mas tentou debochar e fazer pouco delas, e disse que o informasse quando acabassem as piadas, pois lhe ficaria grato.

– Mas não estou fazendo piada; nunca estive tão longe de brincar – argumentou o barão.

– Bem, folgo em saber – disse o gênio, com ar muito austero –, pois uma piada, sem figura de linguagem, é a morte para mim. Venha! Abandone de vez este mundo assustador.

– Não sei – disse então o barão, brincando com a faca – é certamente assustador, mas não creio que o seu seja muito melhor, pois sua aparência não é particularmente agradável. Isto me faz pensar –, que segurança tenho eu de que estarei melhor saindo deste mundo, afinal! – ele gritou e esse levantou: – Nunca pensei nisso.

– Depressa, venha! – gritou a figura, rilhando os dentes.

– Para trás! – disse o barão. – Não mais me queixarei das misérias, farei boa cara e hei de tentar o ar fresco e os ursos novamente; e se não der certo, falarei com a baronesa em tom firme, e cortarei as asinhas dos Von Swillenhausen. – Ao dizer isto, o barão caiu da cadeira, com uma risada tão alta e impetuosa que a sala toda ressoou com ela.

A figura recuou um ou dois passos, ao mesmo tempo que encarava o barão com um olhar de intenso terror, e quando a risada cessou, pegou a estaca, enfiou-a violentamente em seu corpo, emitindo um uivo assustador, e sumiu.

Von Koeldwethout nunca mais a viu. Tendo decidido agir, logo chamou a baronesa e os Von Swillenhausen à razão, e morreu muitos anos depois: que eu tenha conhecimento, não um homem rico, mas certamente feliz: deixou uma família numerosa, que foi cuidadosamente educada em caçadas de ursos e javalis sob sua supervisão pessoal. E meu conselho a todos os homens é que, se um dia ficarem imersos em melancolia por causas similares (como ocorre com muitos), olhem para os dois lados da questão, utilizando uma lente de aumento ao que for melhor; e se mesmo assim ainda se sentirem tentados a se retirar sem permissão, que fumem antes um grande cachimbo e bebam uma garrafa cheia, e que se aproveitem do louvável exemplo do Barão de Grogzwig.

CONFISSÃO ENCONTRADA EM UMA PRISÃO DA ÉPOCA DE CHARLES II
(1841)

Exerci o cargo de tenente no exército de sua Majestade e servi no estrangeiro nas campanhas de 1677 e 1678. Quando se concluiu o tratado de Nijmeguen,[3] voltei para casa e, aposentando-me, retirei-me para uma pequena propriedade alguns quilômetros a oeste de Londres, que eu adquirira recentemente por herança de minha mulher.

Esta é a última noite que tenho de vida e vou estabelecer a verdade nua e crua, sem disfarces. Nunca fui corajoso e, desde a infância, sempre tive uma natureza sombria, misteriosa e desconfiada. Falo sobre mim como se tivesse passado deste mundo, pois, enquanto escrevo, minha cova vai sendo cavada e meu nome é escrito no livro negro da morte.

---

[3] Vários tratados de paz entre diversas nações europeias foram celebrados na cidade holandesa de Nijmeguen (ou Nimegue), durante os anos de 1678 e 1679. Entre eles, o que pôs fim à guerra terceira anglo-holandesa, que fazia parte de um conflito mais amplo: a guerra franco-holandesa.

Logo após meu retorno à Inglaterra, meu único irmão foi acometido de uma doença mortal. Essa circunstância me causou pouca ou nenhuma dor, porque desde que nos tornamos homens, muito pouca ligação tivemos um com o outro. Ele era generoso, de coração aberto, mais atraente que eu, mais bem-sucedido e geralmente bem amado por todos. Aqueles que procuraram me conhecer em qualquer lugar ou em casa porque eram amigos dele, raras vezes se ligavam a mim por muito tempo, e normalmente diziam, já em nossa primeira conversa, que ficavam surpresos em encontrar dois irmãos tão diferentes na aparência e nos modos. Eu tinha o hábito de levá-los a essa declaração, porque sabia as comparações que deviam fazer entre nós dois; e como eu tinha uma inveja persistente em meu coração, procurava, dessa forma, justificá-la para mim mesmo.

Havíamo-nos casado com duas irmãs. Esse laço adicional entre nós, como deve parecer para alguns, apenas nos afastou ainda mais. Sua esposa me conhecia bem. Nunca lutei contra nenhum tipo de ciúme secreto ou de rancor quando ela estava presente, mas aquela mulher sabia tão bem quanto eu. Nunca levantei meus olhos nessas ocasiões, mas encontrava os dela fixos em mim; nunca desviei os meus para o chão ou olhei em outra direção, mas sentia que ela sempre me ignorava. Foi um indizível alívio para mim quando brigamos e outro ainda maior quando soube que ela estava morta. Agora, me parece que um prenúncio estranho e terrível do que aconteceu desde então ali pairava sobre nós. Eu tinha medo dela; ela me assombrava; a lembrança de seu olhar fixo e firme vem a mim agora, como a memória de um sonho sombrio, e faz meu sangue congelar.

Ela morreu logo após dar à luz uma criança – um menino. Quando meu irmão descobriu que toda a esperança de sua própria recuperação havia acabado, chamou minha mulher até sua cama e confiou este órfão, uma criança de quatro anos de idade, à sua proteção. Legou-lhe todas as propriedades que tinha e fez um testamento em que, na eventualidade da morte de seu filho, passariam para minha mulher, como único reconhecimento que ele poderia mostrar por seu carinho e amor. Meu irmão ainda trocou algumas palavras fraternais comigo, lamentando nossa separação e, exausto, caiu em um torpor do qual nunca retornou.

Não tínhamos filhos; e como houvesse uma forte afeição entre as irmãs e como minha esposa praticamente tivesse ocupado o lugar de mãe desse garoto, ela o amava como a seu próprio filho. O menino era fervorosamente ligado a ela; mas ele era, em aparência e espírito, a própria imagem de sua mãe, e sempre desconfiou de mim.

É difícil dizer com precisão a data em que a sensação me ocorreu pela primeira vez; mas logo comecei a me sentir inquieto quando o menino estava por perto. Nunca despertei de uma sorumbática cadeia de pensamentos, sem que o percebesse olhando para mim; não com alguma curiosidade infantil, mas com aquele propósito e significado que eu tantas vezes observara em sua mãe. Não era nenhum excesso da minha imaginação, baseada na semelhança de traços e expressão. Nunca consegui encarar o garoto. Ele tinha medo de mim, mas ao mesmo tempo parecia desprezar-me por instinto. Mesmo quando recuava diante de meu olhar – como fazia quando estávamos sós, aproximando-se da porta – ainda assim mantinha seus olhos cintilantes em mim.

Talvez eu esteja escondendo a verdade de mim mesmo, mas não acredito que, quando tudo começou, eu planejasse fazer qualquer mal a ele. Posso ter calculado como sua herança nos seria útil e talvez tenha-lhe desejado a morte; mas não acredito que eu tenha chegado a imaginar-me o responsável por ela. A ideia também não me veio de uma vez, mas gradualmente, apresentando-se, a princípio, de forma obscura e a uma grande distância, assim como os homens pensam em um terremoto ou no dia do juízo; então foi chegando cada vez mais perto e perdendo um pouco de seu horror e de sua improbabilidade; aí transformou-se em parte integrante – não, quase na soma total e na substância – de meus pensamentos cotidianos, e se configurou como uma questão de meios e de segurança; não de fazer ou de abster-me do ato.

Enquanto isso se passava dentro de mim, eu não podia suportar que o menino me visse olhando para ele, e, no entanto, eu estava tão fascinado, que se tornou uma espécie de trabalho a contemplação de sua figura leve e frágil, e a especulação de como seria fácil fazer aquilo. Às vezes, eu subia as escadas de mansinho e o observava dormir, mas em geral ficava parado no jardim próximo à janela da sala onde ele recebia suas pequenas lições; e ali, enquanto ele se sentava num banquinho ao lado de minha esposa, ficava a observá-lo horas a fio, por trás de uma árvore; assustando-me, como o patife culpado que era, a cada farfalhar de folhas, mas, mesmo assim, esgueirando-me para o mesmo lugar de modo a olhar e a começar novamente.

Perto de nossa casa, mas bastante longe de vista e (se houvesse um pouco de vento forte) de audição também, havia um lençol de água profundo. Levei uns dias modelando um barco de modelo rústico com o meu canivete, que finalmente terminei e deixei cair no caminho do menino. Então retirei-me a um esconderijo, diante do qual ele deveria passar se resolvesse, sozinho, às escondidas, pôr a bugiganga na água, e fiquei ali à espreita de sua chegada. Ele não veio nem naquele dia nem no outro, apesar de eu tê-lo esperado do meio-dia ao anoitecer. Eu estava certo de que cairia em minha rede, pois o ouvira tagarelar sobre o brinquedo e sabia que, em seu devaneio infantil, ele o guardava ao seu lado na cama. Não senti cansaço ou desânimo, apenas aguardei pacientemente e, no terceiro dia, ele passou por mim, correndo alegremente com seu cabelo sedoso esvoaçando ao vento, e ele cantava – Deus tenha piedade de mim! – cantava uma alegre balada, de que mal podia balbuciar a letra.

Fui atrás dele, abaixando-me sob os arbustos que crescem naquele lugar, e ninguém, além do diabo, sabe o terror em que eu, um homem crescido, trilhei os passos daquela criança, conforme se aproximava da beira da água. Eu estava quase sobre ele, abaixei-me em meus joelhos e ergui a mão para atirá-lo na água, quando viu minha sombra na superfície e se virou para mim.

O fantasma de sua mãe olhava para mim. O sol irrompeu por detrás de uma nuvem; reluziu no céu claro, na terra espelhada, na água límpida, nas faíscas das gotas de chuva sobre as folhas. Havia olhos em todos os lugares. O imenso universo inteiro de luz estava ali para ver o crime a ser cometido. Não sei o que ele disse; abriu o peito e, criança que era, não agachou ou se esquivou. Ouvi-o gritar que tentaria me amar – não que me amava –, e então o vi correr a caminho de casa. A próxima coisa que vi foi minha própria espada, nua, em minhas mãos, e ele, deitado aos meus pés irrevogavelmente morto, imerso aqui e ali em sangue, mas por outro lado, não diferentemente de como eu o vira dormindo – com o mesmo jeitinho também, com a face apoiada na mão pequena.

Peguei-o nos braços e deitei-o – muito gentilmente, agora que estava morto – numa moita. Minha esposa estava fora naquele dia e só voltaria no outro. A janela do nosso quarto de dormir, o único naquele lado da casa, ficava a poucos metros do chão, e então resolvi descer por ali à noite e enterrá-lo no jardim. Eu não pensava que pudesse ter fracassado em meu objetivo, nem que a água pudesse ser drenada sem que nada fosse encontrado, nem que o dinheiro pudesse permanecer inútil, uma vez que eu precisava encorajar a ideia de que o menino se perdera ou fora sequestrado. Todos os meus pensamentos estavam unidos e atados unicamente na obsessiva necessidade de esconder o que eu fizera.

Como me senti quando vieram me contar que o menino tinha desaparecido, quando mandei emissários em todas as direções, quando me sobressaltei e tremi à chegada de todos, nenhuma língua pode expressar, nenhuma mente conceber. Enterrei-o naquela noite. Quando separei os ramos e olhei o interior da moita escura, havia um pirilampo brilhando como o espírito visível de Deus sobre o menino assassinado. Olhei para baixo quando o coloquei em seu túmulo e o inseto ainda brilhava sobre seu peito; um olho de fogo voltado para os céus, suplicando às estrelas que assistiam ao meu trabalho.

Tive de encontrar minha esposa e dar-lhe a notícia, além de lhe alimentar a esperança de que a criança seria encontrada em breve. Tudo isso realizei aparentando sinceridade, suponho, já que não fui objeto de suspeitas. Isso feito, sentei-me à janela do quarto o dia todo observando o local onde jazia o terrível segredo. Um pedaço de chão cavado recentemente para colocação de grama nova e que, por isso mesmo, eu escolhera, pois assim os rastros de minha pá teriam menos chance de chamar a atenção. Os homens que assentavam a grama devem ter me achado um louco. Eu os incitava continuamente a acelerar o expediente, corria e trabalhava ao lado deles, pisando a terra com meus pés e apressando-os com uma ânsia frenética. Terminaram a tarefa antes de anoitecer e só então me considerei relativamente seguro.

Dormi – não o sono do qual os homens despertam alegres e revigorados –, mas dormi mesmo assim, passando de sonhos vagos e sombrios, em que era caçado, até visões dos pedaços de relva, dos quais primeiro uma mão, depois um pé, e finalmente a própria cabeça se levantavam. Nesse ponto, sempre acordava e corria para a janela, para me certificar de que isso não era real. Depois, rastejava novamente para a cama; e assim passei a noite aos solavancos, levantando-me e deitando-me vinte vezes, e sonhando o mesmo sonho em todas elas, – o que era ainda pior do que permanecer acordado, pois cada sonho comportava o sofrimento de uma noite inteira. Certa vez, sonhei que o menino estava vivo e que eu nunca havia tentado matá-lo. Acordar deste sonho foi a mais terrível das agonias.

No dia seguinte sentei-me à janela novamente, sem jamais tirar meus olhos do local que, apesar de coberto pela grama, era para mim tão visível – seu formato, tamanho, profundidade, seus lados irregulares – como se tivesse sido aberto pela luz do dia. Quando um criado andou sobre ele, pareceu-me que fosse afundar ali; quando terminou de passar, olhei para me certificar de que seus pés não haviam demarcado seus limites. Se um pássaro pousava ali, eu ficava apavorado com a impressão de que essa enorme intervenção fosse o instrumento da descoberta; se um sopro de ar ali ventava, para mim sussurrava: *assassino*. Não havia som ou ruído – por mais comum, trivial e desimportante que fosse – que não me deixasse em pânico. Nesse incessante estado de alerta passei três dias.

No quarto dia bateu à minha porta um homem que servira comigo no estrangeiro, acompanhado por um irmão policial que eu nunca havia visto. Senti que não conseguiria manter o lugar longe dos meus olhos. Era uma noite de verão e dirigi meus visitantes a uma mesa no jardim, abrindo uma garrafa de vinho. Então sentei *com minha cadeira sobre a cova*, e assegurando-me de que ninguém agora poderia mexer nela sem meu conhecimento, tentei beber e conversar.

Esperavam que minha mulher estivesse bem, que não a houvessem assustado, a ponto de se ver obrigada a permanecer em seu quarto. Que mais poderia eu fazer senão lhes contar sobre o menino, com a voz trêmula? O policial, que eu não conhecia, era um homem sombrio e mantinha os olhos voltados para o chão enquanto eu falava. Até isso me deixava apavorado. Não conseguia me livrar da ideia de que ele vira ali alguma coisa que o fez suspeitar da verdade. Perguntei atabalhoadamente se ele achava que – e parei.

– Que a criança foi assassinada? – ele perguntou, olhando placidamente para mim. – Ah não! o que alguém poderia ganhar com o assassinato de uma pobre criança?

Ninguém melhor que eu poderia dizer o que alguém ganharia com isso, mas mantive a calma, embora tremendo como se estivesse com febre.

Interpretando equivocadamente minha emoção, tentaram me animar com a esperança de que o garoto certamente seria encontrado – quanta alegria para mim! –, quando ouvimos um uivo grave e profundo. De repente, dois cães imensos saltaram o muro e, invadindo o jardim, repetiram o latido que ouvíramos antes.

– Cães farejadores! – exclamaram meus visitantes.

Ninguém precisava me dizer isso! Eu nunca tinha visto um desses em toda a minha vida, mas sabia o que eram e com que propósito haviam vindo. Agarrei-me aos braços da cadeira, sem conseguir falar ou me mexer.

– São de boa raça – disse o homem que eu conhecera no estrangeiro. – Com certeza, ao sair para a caça, escaparam de seu dono.

Ele e seu parceiro se viraram para olhar os cães, que, com os focinhos no chão movimentavam-se sem cessar por todos os lados, andando para cima e para baixo, para frente e para trás, em círculos, correndo loucamente como bestas e todo esse tempo sem se incomodar conosco, mas sempre repetindo o uivo que já tínhamos ouvido, para então colocarem novamente seus focinhos no chão e farejarem freneticamente. A seguir, começaram a vasculhar o terreno com mais furor do que nunca e, apesar de ainda estarem muito agitados, já não se deslocavam tanto, permanecendo em uma só zona e começando a diminuir mais e mais a distância entre eles e mim.

Enfim, chegaram perto da cadeira onde eu estava e, lançando novamente seu uivo assustador, tentaram arrancar as pernas de madeira que os separavam do chão abaixo de mim. Percebi como eu devia estar parecendo na face dos dois homens que estavam comigo.

– Eles sentiram o cheiro de alguma presa – disseram os dois ao mesmo tempo.

– Não sentiram o cheiro de nada! – gritei.

– Pelo amor de Deus, saia daí! – disse-me desesperado o meu conhecido. – Ou eles vão fazê-lo em pedaços.

– Que me arranquem todos os membros! Jamais sairei daqui! – gritei. – Cães têm o direito de levar homens a uma morte infame? Ou devem dominá-los e fazê-los em pedaços?

– Há um mistério abominável aqui! – disse o policial que eu não conhecia, desembainhando a espada. – Em nome do Rei Charles, me ajude a segurar esse homem!

Os dois caíram sobre mim e me arrancaram do local à força, apesar de eu lutar, morder e me bater contra eles como um louco. Depois de muita briga, conseguiram me segurar entre eles e então – meu Deus! – vi os cães furiosos escavando a terra e jogando-a para o ar como água.

O que mais tenho a dizer?... Que me ajoelhei e confessei a verdade com os dentes rangendo, e que implorei por perdão. Que a venho negando desde então, mas confesso novamente agora. Que fui julgado pelo crime, considerado culpado e condenado. Que não tenho coragem de encarar minha pena ou de suportá-la como um homem. Que não tenho compaixão, nem consolo, nem esperança, nem ninguém. Que minha esposa, felizmente, perdeu as faculdades que lhe permitiriam conhecer minha miséria e a dela. Que estou sozinho nesse calabouço pétreo com meu espírito maligno, e que amanhã morrerei.

PARA SER LIDO NO CREPÚSCULO
(1852)

Um, dois, três, quatro, cinco. Eles eram cinco.
Cinco estafetas, sentados num banco diante do convento no cume do Grande S. Bernardo na Suíça, com vista para as remotas altitudes, manchado pelo sol que ia se pondo como se uma possante quantidade de vinho tinto tivesse sido derramada sobre o pico da montanha e não tivesse tido, ainda, tempo de submergir na neve.
Esta metáfora não é minha. Foi feita para a ocasião pelo estafeta mais corpulento, que era alemão. Nenhum dos outros prestou mais atenção nela do que prestaram em mim, sentado em outro banco do outro lado da porta do convento, fumando meu charuto, como eles, e – também como eles – observando a neve avermelhada e o solitário barracão nas proximidades, onde os corpos de viajantes falecidos, dela desenterrados, murcham lentamente, desconhecendo a decomposição em tão gelada área.

O vinho sobre o topo da montanha ia sendo absorvido à medida que olhávamos; a montanha ficou branca; o céu, um azul muito escuro; o vento rosa; e o ar se tornou um frio lancinante. Os cinco estafetas abotoaram seus capotes grosseiros. Não havendo homem mais seguro do que um estafeta para se imitar em todos esses procedimentos, abotoei também o meu.

A montanha no crepúsculo havia interrompido os cinco estafetas numa conversa. É uma visão sublime, passível de interromper uma conversa. Estando agora a montanha fora do crepúsculo, eles a retomaram. Não que eu tenha ouvido algum trecho anterior do seu discurso; pois, de fato, então ainda não havia me afastado do cavalheiro americano, na saleta do convento reservada aos viajantes, que, sentado com a face voltada para o fogo, se incumbira de me transmitir toda a progressão de acontecimentos que levaram à acumulação, por parte do Honorável Ananias Dodger, de uma das maiores aquisições de dólares já feitas em nosso país.

– Meu Deus! – disse o estafeta suíço, falando em francês, que eu não considero (como alguns autores parecem considerar) como sendo uma desculpa tão suficiente para uma palavra perversa, que basta eu escrevê-la nessa língua para torná-la inocente.

– Se você fala de fantasmas...

– Mas *não* estou falando de fantasmas, disse o alemão.

– Do quê, então? – indagou o suíço.

– Se eu soubesse do que então – disse o alemão –, provavelmente saberia um bocado mais.

Foi uma boa resposta, pensei, e me deixou curioso. Assim, movi a minha posição para o canto do meu banco mais

próximo deles e, recostando as costas contra a parede do convento, ouvi, perfeitamente, sem parecer escutar.
– Raios e trovões! – disse o alemão. – Quando um certo homem vem ver você, inesperadamente; e, sem seu próprio conhecimento, envia um mensageiro invisível para meter a ideia dele na sua cabeça o dia inteiro, como se chama isso? Quando você anda por uma rua movimentada – em Frankfurt, Milão, Londres, Paris – e pensa que um estranho que passa se parece com o seu amigo Heinrich, e aí outro estranho que passa se parece com o seu amigo Heinrich, e então começa a ter uma premonição de que presentemente você vai se encontrar com seu amigo Heinrich – e isso acontece, apesar de você achar que ele estava em Trieste – como se chama *isso*?
– E também não é incomum – murmuraram o suíço e os outros três.
– Incomum! – disse o alemão. – É tão comum como cerejas na Floresta Negra. É tão comum como macarrão em Nápoles. E Nápoles me faz lembrar! Quando a velha Marquesa Senzanima solta seus gritinhos num jogo de cartas em Chiaja – como eu já a vi e ouvi fazendo, pois aconteceu numa família minha da Baviera, e naquela noite eu estava supervisionando o serviço – digo, quando a velha Marquesa começa na mesa de jogo, branca atrás do seu rouge, e grita, "Minha irmã na Espanha está morta! Eu senti o toque frio dela nas minhas costas!" – e quando essa irmã *está* morta nesse momento – como se chama isso?
– Ou quando o sangue de San Gennaro se liquefaz a pedido do clérigo – pois todo mundo sabe que isso acontece regularmente uma vez por ano, na minha cidade natal, disse

o estafeta napolitano após uma pausa, com um olhar cômico, como se chama isso?

— *Isso!* — gritou o alemão. Bem, acho que conheço um nome para isso.

— Milagre? — disse o napolitano, com o mesmo ar de astúcia.

O alemão meramente fumou e riu; e todos fumaram e riram.

— Bah! — disse agora o alemão. — Estou falando de coisas que realmente acontecem. Quando quero ver um mágico, pago para ver um profissional, e faço valer o meu dinheiro. Coisas muito estranhas de fato acontecem sem fantasmas. Fantasmas! Giovanni Baptista, conte a sua história da noiva inglesa. Não há fantasma nessa história, mas algo de absolutamente estranho. Será que alguém pode me dizer o quê?

Havendo um silêncio entre eles, olhei em torno. Aquele que eu imaginava ser Baptista acendia um charuto novo. E agora se apresentou para falar. Era genovês, pelo que depreendi.

A história da noiva inglesa? — disse ele. — Basta! Ninguém deveria chamar uma coisa tão leviana de história. Bem, de fato é sim. Mas é verdade. Observem, cavalheiros, é verdade. Nem tudo que reluz é ouro; mas o que vou contar, é verdade.

E repetiu isto mais de uma vez.

Dez anos atrás, levei minhas credenciais a um cavalheiro inglês no Long's Hotel, na Bond Street, Londres. Ele estava prestes a sair de viagem — podia ser por um ano, talvez dois. Ele as aprovou; e também a mim. Ficou satisfeito em fazer uma averiguação. O testemunho que recebeu foi favorável. Ele me contratou por seis meses, e minha remuneração foi generosa.

Ele era jovem, bonitão, muito feliz. Estava enamorado de uma bela e jovem dama inglesa, com fortuna suficiente, e os dois iam se casar. Era uma viagem de núpcias, em suma, que iam fazer. Para uma estada de três meses num clima quente (era início de verão na época) havia alugado um velho local na Riviera, a uma distância cômoda da minha cidade, Gênova, no caminho para Nice. Se eu conhecia o lugar? Sim; eu lhe disse que conhecia bem. Era um velho palácio com grandes jardins. Era um tanto descoberto, e um pouquinho escuro e sombrio, sendo cercado de perto por árvores; era espaçoso, antigo, grandioso e à beira-mar. Ele disse que lhe fora descrito exatamente assim, e ficou muito satisfeito por eu conhecer o local. Quanto a ser um tanto despido de mobília, todos esses lugares o eram. Quanto a ser um pouco sombrio, ele o alugara principalmente pelos seus jardins, e passariam, ele e minha patroa, o tempo de verão à sua sombra.

– Então vai tudo bem, Baptista? – disse ele.

– Indubitavelmente, *signore*; muito bem.

Tínhamos uma carruagem de viagem para nossa jornada, recém-construída para nós, e completa sob todos os aspectos. Tudo que tínhamos era completo; nada nos faltava. O matrimônio teve lugar. Eles estavam felizes. Eu estava feliz, vendo tudo tão alegre, estando tão bem situado, indo para minha própria cidade, ensinando meu idioma no meio do alvoroço à dama de companhia, *la bella* Carolina, cujo coração estava contente de tanto riso: e que era jovem e rosada.

O tempo voou. Mas eu observei – escutem isto, rogo-lhes! (e aqui o estafeta baixou a voz) – observei minha patroa às vezes meditando de maneira muito estranha; de maneira assustada; de maneira infeliz; com um nebuloso e incerto ar de alarme. Penso que comecei a notar isto quando estava subindo as colinas ao lado da carruagem, com o patrão indo na frente. Em todo caso, lembro-me de que isto se registrou na minha mente numa noite no sul da França, quando ela me pediu que chamasse o patrão de volta; e quando ele voltou, tendo caminhado uma grande distância, falou com ela de forma afetuosa e encorajadora, com a mão sobre a janela aberta, a mão dela entre as suas. Vez ou outra ele dava uma risada alegre, como se estivesse fazendo brincadeiras para tirá-la de algo. Por fim, ela acabou rindo, e aí tudo ficou bem novamente.

Eu estava curioso. Perguntei a *la bella* Carolina, a bela pequena. Estaria a senhora indisposta? – Não. – Desanimada? – Não. – Temerosa das estradas ruins, ou salteadores? – Não. E o que tornava tudo mais misterioso era que a bela pequena não olhava para mim ao dar a resposta, mas olhava, *sim*, para a paisagem.

Porém, um dia ela me contou o segredo.

– Se faz questão de saber – disse Carolina –, creio que, pelo que pude entreouvir, a senhora está assombrada.

– Assombrada, como?

– Por um sonho.

– Que sonho?

– Pelo sonho de uma face. Por três noites antes do casamento, ela viu uma face em sonho – sempre a mesma face, e somente uma.

– Uma face terrível?

– Não. A face de um homem moreno, de notável aparência, de preto, cabelos pretos e bigode grisalho – um homem atraente, exceto por um ar de reserva e segredo. Não uma face que ela já tivesse visto, ou nem parecida com nenhuma face que já tivesse visto. Sem fazer nada no sonho a não ser olhar para ela fixamente, da escuridão.

– E o sonho volta?

– Nunca. O problema todo é a sua lembrança do sonho.

– E porque é um problema para ela?

Carolina sacudiu a cabeça.

– Esta é a pergunta do patrão – disse *la bella*. – Ela não sabe. Ela própria se pergunta por quê. Mas eu a ouvi dizendo a ele, ainda ontem à noite, que se ela viesse a encontrar um retrato dessa face na nossa casa italiana (e ela tem medo de encontrar), não sabe como poderia suportá-la.

De fato, depois disto passei a ter medo (disse o estafeta genovês) de nossa chegada ao velho *palazzo*, e, mais ainda, que lá pudesse haver tal famigerado retrato. Sabia que quadros lá havia muitos: e, à medida que nos aproximávamos mais e mais do lugar, desejei a galeria toda na cratera do Vesúvio. E para remediar as coisas, era uma noite sinistra de tempestade quando, por fim, chegamos àquela parte da Riviera. Trovejava; e o trovejar da minha cidade e seus arredores, revolvendo por entre os altos morros, é muito forte. Os lagartos corriam, entrando e saindo das fendas no muro de pedras quebrado do jardim, como se estivessem assustados; os sapos borbulhavam e coaxavam com máxima intensidade; o vento do mar gemia, e as árvores molhadas gotejavam; e os relâmpagos – corpo de San Lorenzo, como relampejava!

Todos sabemos o que é um palácio dentro ou perto de Gênova – como o tempo e o ar marinho o deixam embotado – como o revestimento pintado nos muros externos descascou em grandes lascas de gesso – como as janelas inferiores estão obscurecidas por enferrujadas barras de ferro – como o pátio está com o mato crescido – como as construções externas estão dilapidadas – como o conjunto todo parece destinado à ruína. Nosso *palazzo* era um exemplar verdadeiro. Estivera fechado por meses. Meses? – anos! – tinha um odor de terra, como uma tumba. O aroma das laranjeiras sobre o amplo terraço dos fundos, e dos limões amadurecendo junto à parede, e de alguns arbustos que cresciam em torno de uma fonte quebrada, tinha, de algum modo, penetrado na casa, e jamais pudera sair novamente. Havia, em cada aposento, um cheiro de velho, debilitado pelo confinamento. Definhava em todos os armários e gavetas. Nos pequenos recintos de comunicação entre as grandes salas, era sufocante. Se alguém virava um quadro – voltando aos quadros – lá estava o cheiro, agarrado à parede atrás da moldura, como uma espécie de morcego.

As gelosias estavam fechadas, por toda a casa. Havia duas mulheres velhas, horrorosas, na casa, para tomar conta: uma delas com uma roca, ficava fiando e resmungando na soleira da porta, capaz de logo deixar entrar o diabo como se fosse ar. Patrão, patroa, *la bella* Carolina, e eu, atravessamos todos o *palazzo*. Eu fui na frente, embora tenha me mencionado por último, abrindo as janelas e as gelosias, e sacudindo os salpicos de chuvas, e fragmentos de argamassa, e aqui e ali um mosquito adormecido, ou uma monstruosa, gorda, peluda aranha genovesa.

Quando deixei a luz à tarde penetrar numa sala, patrão, patroa e *la bella* Carolina entraram. Então, olhamos em volta todos os quadros e voltei a seguir adiante para outra sala. A patroa tinha secretamente grande temor de encontrar a imagem daquela face – todos nós tínhamos; mas tal coisa não havia. A Madonna e Bambino, San Francisco, San Sebastiano, Vênus, Santa Caterina, anjos, serafins, frades, duques, todos meus velhos conhecidos repetidos muitas vezes? – sim. Homem moreno, atraente, vestido de preto, reservado e misterioso, com cabelo preto e bigode grisalho, olhando fixamente do escuro para a patroa? – não.

Por fim passamos por todos os aposentos e todos os retratos, e saímos para os jardins. Estavam muito bem conservados, sendo tratados por um jardineiro, muito grandes e cheios de sombra. Em um local havia um teatro rústico, a céu aberto; o palco, uma encosta verde; os cortinados, três entradas numa das laterais, telas verdejantes docemente perfumadas. A senhora movia seus brilhantes olhos, mesmo ali, como se olhasse para ver a face surgir em cena; mas tudo ficou bem.

– Agora, Clara – disse o patrão, em voz baixa –, você vê que não é nada? Você está feliz.

A senhora estava muito animada. Em pouco tempo acostumou-se ao sombrio *palazzo*, e cantava, tocava harpa, e copiava os velhos quadros, e passeava com o patrão sob as verdes árvores e vinhas ao longo do dia todo. Ela era linda. Ele era feliz. Ele ria e me dizia, montando seu cavalo para a cavalgada matinal antes do calor:

– Tudo vai bem, Baptista!

– Sim, *signore*, graças a Deus, tudo vai bem.

Nós não mantínhamos contato social. Levei *la bella* ao Duomo e a Annunciata, ao Café, à Ópera, ao vilarejo Festa, ao Jardim Público, ao Teatro Diurno, aos marionetes. A bela pequena encantava-se com tudo que via. Aprendeu italiano – céus! Miraculosamente! Teria a senhora se olvidado do sonho? Vez ou outra eu perguntava a Carolina. Quase, dizia *la bella* – quase. O sonho estava se desmanchando.

Um dia o patrão recebeu uma carta, e me chamou.

– Baptista!

– *Signore!*

– Um cavalheiro que me é apresentado virá hoje para a ceia. Chama-se *Signor* Dellombra. Faça-me um jantar de príncipe.

Um nome estranho. Eu não o conhecia. Porém, ultimamente, havia muitos nobres e cavalheiros perseguidos na Áustria sob suspeitas políticas, e alguns nomes tinham mudado. Talvez fosse um deles. *Altro*! Para mim, Dellombra era um nome tão bom como qualquer outro.

Quando o *Signor* Dellombra chegou para a ceia (disse o estafeta genovês em voz baixa, o mesmo tom que já tinha usado antes), eu o introduzi na sala de recepção, o grande salão do velho *palazzo*. O patrão o recebeu com cordialidade, e o apresentou à senhora. Ao se levantar, seu semblante mudou, ela deu um grito e desabou sobre o piso de mármore.

Então, voltei-me para o *Signor* Dellombra, e vi que estava vestido de preto, tinha um ar reservado e misterioso, era um homem moreno, de aparência notável, cabelo preto e bigode grisalho.

O patrão ergueu a senhora nos braços e a levou para seu quarto, para onde imediatamente mandei *la bella* Carolina.

La bella contou-me depois que a senhora estava praticamente morta de medo, e que o sonho vagou pela sua mente a noite inteira.

O patrão estava vexado e ansioso – quase irado, e no entanto pleno de solicitude. O *Signor* Dellombra era um cavalheiro cortês, falando com grande respeito e simpatia do fato de a senhora passar tão mal. O vento africano vinha soprando havia alguns dias (era o que haviam lhe dito em seu hotel da Cruz de Malta), e ele sabia que com frequência esse vento era prejudicial. Espera que a bela dama em breve se recuperasse. Rogou permissão para se retirar, e renovar sua visita quando tivesse a felicidade de saber que ela estava melhor. O patrão não permitiu, e cearam sós.

Ele se retirou cedo. No dia seguinte, apresentou-se no portão, a cavalo, para indagar sobre a patroa. Fez o mesmo duas ou três vezes naquela semana.

O que eu próprio pude observar, e o que *la bella* Carolina me contou, uniram-se para me explicar que agora o patrão havia se proposto a curar a senhora de seu fantasioso terror. Ele era só gentileza, mas sensato e firme. Ponderou com ela que encorajar tais fantasias era um convite à melancolia, se não à loucura. Que cabia a ela ser ela mesma. Que se resistisse uma vez à sua estranha fraqueza, com tanto êxito a ponto de receber o *Signor* Dellombra como uma dama inglesa receberia qualquer outro convidado, o pavor estaria para sempre vencido. Para resumir, o *signore* veio novamente, e a patroa o recebeu sem acentuada aflição (embora ainda de forma contida e apreensiva), e a noite transcorreu serenamente. O patrão ficou tão deleitado com a mudança, e tão ansioso para confirmá-la, que o *Signor* Dellombra tornou-se convidado constante. Era versado em pinturas, livros e música; e sua companhia, em qualquer *palazzo* sombrio, seria sempre bem-vinda.

Eu costumava notar, muitas vezes, que a senhora não estava bem recuperada. Ela baixava os olhos e deixava pender a cabeça, diante do *Signor* Dellombra, ou o observava com olhar terrificado e fascinado, como se sua presença tivesse alguma influência ou poder ruim sobre ela. Passando dela para ele, eu costumava vê-lo nos jardins imersos em sombras, ou no grande salão a meia-luz, olhando, como eu poderia dizer, "da escuridão fixamente para ela". Mas, na verdade, eu havia esquecido as palavras de *la bella* Carolina para descrever a face no sonho.

Após sua segunda visita, ouvi o patrão dizer:

– Agora, veja, minha querida Clara, acabou! Dellombra veio e se foi, e a sua apreensão se quebrou feito vidro.

– Ele... ele virá outra vez? – perguntou a patroa.

– Outra vez? Ora, seguramente, muitas e muitas vezes! Você está com frio? (ela tremia).

– Não, querido, mas ele me apavora: tem certeza de que ele precisa vir de novo?

– Mais certeza ainda com a sua pergunta, Clara! – replicou o patrão, animadamente.

Mas, agora, ele tinha muita esperança na recuperação completa da senhora, e a cada dia sua esperança crescia mais e mais. Ela era linda. Ele era feliz.

– Vai tudo bem, Baptista? – ele repetia para mim.

– Sim, *signore*, graças a Deus; muito bem.

Nós estávamos todos (disse o estafeta genovês, forçando-se a falar um pouco mais alto), estávamos todos em Roma, para o Carnaval. Eu estivera fora, o dia todo, com um siciliano, amigo meu, e estafeta, que ali estava com uma família inglesa. Ao voltar à noite para o nosso hotel, deparei-me com a pequena Carolina, que nunca se afastava de casa sozinha, correndo distraidamente ao longo do Corso.

– Carolina! O que acontece?
– Ó, Baptista! Ó, pelo amor de Deus! Onde está minha senhora?
– A senhora, Carolina?
– Sumiu, desde hoje cedo – disse-me, quando o patrão saiu para sua jornada diária, para não chamá-la, pois estava cansada por não repousar à noite (havia tido dores), e que ficaria deitada na cama até o final da tarde; e aí se levantaria revigorada. Ela sumiu! – sumiu! O patrão voltou, pôs a porta abaixo, e ela sumiu! Minha linda, minha boa, minha inocente senhora!

A bela pequena chorava tanto, e delirava, e se dilacerava, que não teria conseguido contê-la não tivesse ela desmaiado nos meus braços como se houvesse levado um tiro. O patrão aproximou-se – nas maneiras, expressão, voz, não mais o patrão que eu conhecia, que sabia ser ele. Conduziu-me (depositei a pequena em sua cama no hotel, e a deixei aos cuidados da camareira), numa carruagem, furiosamente pela da escuridão, através da desolada Campagna. Quando raiou o dia, e paramos num miserável posto de correio, todos os cavalos já haviam sido alugados doze horas antes, e enviados em diferentes direções. E, creiam-me, pelo *Signor* Dellombra, que por ali passara numa carruagem, com uma assustada dama inglesa agachada num canto.

Nunca ouvi (disse o estafeta genovês, dando uma profunda respirada) que ela alguma vez tenha sido rastreada além daquele ponto. Tudo que sei é que ela desapareceu num infame olvido, tendo ao seu lado a temida face que vira em sonho.

– E como se chama *aquilo*? – disse o estafeta alemão, triunfante. – Fantasmas! Não há fantasmas *ali*! E como se chama isso, que eu vou lhe dizer? Fantasmas! Não há fantasmas *aqui*!

Uma vez peguei um serviço (prosseguiu o estafeta alemão) com um cavalheiro inglês, idoso e solteirão, para viajar pelo meu país, minha pátria. Ele era um mercador que comerciava com meu país e conhecia a língua, mas que nunca estivera por lá desde garoto – conforme penso, cerca de sessenta anos antes.

O nome dele era James, e tinha um irmão gêmeo, John, também solteiro. Havia entre os dois irmãos um grande afeto. Estavam juntos nos negócios, em Goodman's Fields, mas não moravam juntos. Mr. James residia na Poland Street, dando para a Oxford Street, Londres; Mr. John morava em Epping Forest.

Mr. James e eu devíamos partir para a Alemanha em cerca de uma semana. O dia exato dependia dos negócios. Mr. John veio para Poland Street (onde eu estava hospedado na casa), para passar a semana com Mr. James. Porém, no segundo dia, disse ao irmão:

– Não me sinto bem, James. Não é nada sério; mas creio que é um leve ataque de gota. Vou para casa e me pôr aos cuidados da minha velha governanta, que entende as minhas manias. Se eu melhorar bastante, volto para vê-lo antes de você partir. Se eu não me sentir bem para retomar a visita, bem, *você* virá me ver antes de partir.

Mr. James obviamente disse que sim, eles apertaram-se as mãos – ambas as mãos, como sempre faziam – e Mr. John mandou vir sua carruagem antiga, e seguiu ruidosamente para casa.

Foi na segunda noite depois disso – vale dizer, a quarta noite da semana – quando fui despertado do meu saudável sono por Mr. James entrando no meu dormitório no seu roupão de flanela, com uma vela acesa. Sentou-se na borda da minha cama e, olhando para mim, disse:

– Wilhelm, tenho motivo para pensar que estou sofrendo de alguma estranha doença.

Percebi então que ele estava com uma expressão muito inusitada no rosto.

– Wilhelm, ele disse, não tenho medo nem vergonha de lhe dizer o que poderia ter medo ou vergonha de dizer a outro homem. Você vem de um país sensato, onde coisas misteriosas são investigadas e não estabelecidas por terem sido pesadas e medidas – ou não pesadas nem medidas – ou em qualquer um dos casos terem sido completamente eliminadas, para sempre – já tantos anos atrás. Eu acabei de ver neste momento o fantasma do meu irmão.

Confesso (disse o estafeta alemão) que senti um pequeno comichão ao ouvir isto.

– Acabei de ver – repetiu Mr. James, olhando diretamente para mim, para que eu visse como ele estava composto –, o fantasma do meu irmão John. Estava sentado na cama, sem poder dormir, quando ele entrou no meu quarto, vestido de branco e, olhando-me com toda seriedade, dirigiu-se para a extremidade do quarto, passou os olhos em alguns papéis sobre a minha escrivaninha, virou-se e, ainda olhando seriamente para mim, ao passar pela minha cama, saiu pela porta. Agora, não estou nem um pouco louco, e nem um pouco disposto a investir esse fantasma de alguma existência externa – a mim. Creio que seja um aviso para mim de que estou enfermo; e creio que seja melhor me submeter a uma sangria.

Saí da cama imediatamente (disse o estafeta alemão) e comecei a vestir minhas roupas, pedindo-lhe que não se alarmasse, e dizendo-lhe que eu mesmo iria buscar o médico. Acabara de me aprontar, quando ouvimos alguém batendo e tocando a campainha da porta da rua. Estando meu quarto situado num sótão nos fundos, e o de Mr. James no segundo andar na frente, fomos até seu quarto e abrimos a janela para ver do que se tratava.

– É Mr. James? – disse um homem lá embaixo, recuando até o outro lado para poder olhar para cima.

– Sou sim – disse Mr. James –, e você é o homem que trabalha para o meu irmão, Robert.

– Sim, senhor. Lamento dizer, senhor, que Mr. John está enfermo. Ele está muito mal, senhor. Teme-se inclusive que esteja em seu leito de morte. Ele deseja vê-lo, senhor. Tenho aqui uma charrete. Por favor, venha vê-lo. Por favor, não perca tempo.

Mr. James e eu nos entreolhamos.

– Wilhelm, disse ele, isto é estranho. Desejo que você venha comigo!

Eu o ajudei a vestir-se, em parte ali e em parte na charrete; e não cresceu grama sob as ferraduras dos cavalos entre Poland Street e a Floresta.

Agora, vejam! (disse o estafeta alemão), entrei com Mr. James no quarto do irmão, e eu vi e ouvi pessoalmente o seguinte.

Seu irmão estava deitado na cama, no canto superior de um longo dormitório. Sua velha governanta lá estava, bem como outras pessoas: creio que havia mais três, se não quatro, que estavam com ele desde o começo da tarde. Estava vestido de branco, como a figura – necessariamente, porque estava com seu camisolão. E parecia-se com a figura – necessariamente, porque olhou com seriedade para o irmão ao vê-lo entrar no recinto.

Porém, quando seu irmão chegou ao leito, ele lentamente se levantou da cama, e, olhando para o irmão, disse estas palavras: *James, você me viu antes, esta noite – e você sabe!*

E então morreu!

Esperei, quando o estafeta alemão parou, que algo fosse dito sobre essa estranha história. O silêncio não foi quebrado. Olhei ao redor, e os cinco estafetas tinham ido embora: sem nenhum ruído, como se a fantasmagórica montanha os tivesse absorvido em suas neves eternas. A esta altura, eu não tinha ânimo de ficar sentado sozinho naquele horrível cenário, com o ar gelado descendo solenemente sobre mim – ou, se posso dizer a verdade, de ficar sentado sozinho em qualquer lugar. Assim, voltei para a saleta do convento e, encontrando o cavalheiro americano ainda disposto a relatar a biografia do honorável Ananias Dodger, escutei-a do começo ao fim.

QUATRO HISTÓRIAS DE FANTASMAS
(1859)

I

Há uns poucos anos, um famoso artista inglês recebeu uma encomenda de Lady F... para pintar o retrato de seu marido. Ficou combinado que ele deveria executar a tarefa na Mansão F..., no campo, pois seus muitos compromissos não lhe permitiriam começar uma nova obra, caso permanecesse em Londres. Como tinha uma relação de amizade com seus empregadores, esse arranjo era satisfatório para todos os envolvidos e, num 13 de setembro, ele partiu, animado, para realizar seu trabalho.

Tomou o trem para a estação mais próxima da Mansão F... e, no trajeto inicial, era o único passageiro de seu vagão. Contudo, não permaneceu solitário por muito tempo. Na primeira estação ao deixar Londres, uma jovem entrou no carro, sentando-se no canto oposto de sua cabine. Tinha traços muito delicados, com uma notável mescla de doçura e tristeza em sua expressão, que não pôde deixar de atrair a atenção de um homem sensível e observador. Por algum tempo, nenhum dos dois disse uma palavra. Mas, gradativamente, o cavalheiro começou a fazer os comentários usuais nessas circunstâncias, sobre o tempo e a paisagem, de modo que se quebrou o gelo e os dois passaram a conversar. Falaram sobre pintura. O artista ficou surpreso com o conhecimento profundo que a jovem parecia ter acerca dele e de sua obra. Ele estava quase certo de nunca tê-la visto antes. Sua surpresa aumentou ainda mais quando a moça lhe perguntou se seria capaz de fazer, de memória, o retrato de uma pessoa que houvesse visto apenas uma ou no máximo duas vezes. Ele ainda hesitava sobre o que responder, quando ela acrescentou:

– Você acha, por exemplo, que seria capaz de me pintar, só de memória?

Ele respondeu que não tinha certeza absoluta, mas achava que sim.

– Pois bem – ela disse. – Olhe de novo para mim. Você pode ter de me retratar assim algum dia.

O artista concordou com esse estranho pedido e ela acrescentou, com alguma ansiedade:

– Agora, no meu caso, você acredita que consegue?

– Acho que sim – ele respondeu. – Mas não posso dar certeza absoluta.

Nesse momento, o trem parou. A jovem levantou de seu assento, sorriu de maneira amigável para o pintor e lhe disse adeus, ajuntando, ao descer do vagão:

– Vamos nos encontrar de novo em breve.

O trem partiu e Mr. H... (o artista) foi deixado com seus próprios pensamentos.

O fim do percurso foi atingido no momento devido. A carruagem de Lady F... estava à espera do hóspede para levá-lo a seu destino, uma das "mais nobres mansões da Inglaterra", depois de um trajeto agradável. Deixou-o à porta principal, onde seus anfitriões aguardavam para recebê-lo. Saudaram-no cortesmente e logo lhe mostraram seu quarto, pois faltava pouco para a hora do jantar.

Ao completar a toalete e descer à sala de estar, Mr. H... ficou muito surpreso, além de muito satisfeito, em ver, sentada em uma das otomanas, sua jovem companheira do vagão do trem. Ela o saudou com um sorriso e uma reverência de reconhecimento. Sentou-se ao seu lado no jantar e falou com ele duas ou três vezes, em meio à conversa dos outros, mostrando-se completamente à vontade. Mr. H... não tinha dúvida de que ela fosse uma amiga íntima da anfitriã. A noite transcorreu agradavelmente. A conversa se concentrou em grande parte sobre as belas artes em geral e a pintura em particular, e Mr. H... foi convidado a mostrar alguns esboços que trouxera consigo de Londres. Prontamente os apresentou e a jovem pareceu muito interessada neles.

Tarde da noite, a reunião se encerrou e seus membros se recolheram a seus aposentos. Na manhã seguinte, bem cedo, Mr. H... foi convidado pela luz do sol a deixar o seu quarto e a passear ao ar livre. A sala de estar dava para o jardim; ao passar por ela, o artista perguntou a um criado que arrumava os móveis se a jovem já tinha descido do quarto.

– Que jovem, senhor? – perguntou o homem, com uma aparência espantada.

– A jovem que jantou conosco ontem à noite.

— Nenhuma jovem jantou aqui ontem à noite, senhor – respondeu o criado, olhando-o fixamente.

O pintor nada mais disse, pensando consigo que o criado deveria ser muito estúpido ou ter péssima memória. Então, deixou a sala, perambulando pelo jardim.

Ao voltar para a casa, encontrou o anfitrião, com quem trocou as corriqueiras saudações matinais.

— Nossa jovem amiga foi-se embora? – o artista lhe perguntou.

— Que jovem amiga? – quis saber o dono da mansão.

— Aquela jovem que jantou conosco ontem – replicou Mr. H...

— Não tenho ideia de quem você está falando – respondeu o cavalheiro, realmente espantado.

— Você não se lembra de uma jovem que jantou e passou a noite conosco ontem? – insistiu Mr. H..., que, por sua vez, começava a se espantar.

— Não – disse o anfitrião. – Com certeza, não. Não havia mais ninguém à mesa, além de você, minha esposa e eu.

O assunto não voltou novamente à baila depois disso, apesar de nosso artista não conseguir se convencer de ter sofrido alguma alucinação. Se aquilo fora um sonho, fora um sonho em duas partes. Tão certo quanto tinha sido sua companheira na cabine do vagão, a jovem se sentara a seu lado na mesa de jantar. De qualquer modo, não apareceu mais e todo mundo na casa, exceto ele mesmo, parecia ignorar a existência dela.

O artista terminou o retrato encomendado e retornou a Londres. Ao longo de dois anos, prosseguiu em sua carreira: crescendo em reputação e trabalhando duro. Mesmo assim, nunca esqueceu por nenhum momento um simples traço do belo rosto jovem de sua companheira de viagem. Não tinha nenhuma pista que lhe permitisse descobrir de onde ela viera ou quem era. Com frequência, pensava nela, mas não falava dela para ninguém. Pairava sobre o tema um mistério que lhe impunha o silêncio. Era estranho, extraordinário, completamente inexplicável.

Os negócios levaram Mr. H... a Canterbury. Um velho amigo seu – a quem chamarei Mr. Wylde – morava ali. Mr. H..., ansioso por vê-lo e dispondo apenas de poucas horas, escreveu-lhe pedindo que entrasse em contato, tão logo chegou ao hotel. Na hora em que marcaram, a porta de seu quarto se abriu e Mr. Wylde foi anunciado.

Era um completo estranho para o artista e o encontro entre os dois foi meio difícil. Na verdade, o amigo de Mr. H... tinha deixado Canterbury algum tempo antes, o cavalheiro agora cara a cara com o artista era um outro Mr. Wylde; o recado escrito para o ausente fora entregue a ele, que atendeu ao chamado, supondo tratar-se de negócios.

A frieza e o espanto inicial se dissiparam e os dois cavalheiros passaram a conversar mais amigavelmente, pois Mr. H... mencionou seu nome, que não era desconhecido do outro. Depois de conversarem por algum tempo, Mr. Wylde perguntou a Mr. H... se ele alguma vez havia pintado ou podia pintar um retrato a partir de uma simples descrição. Mr. H... respondeu que nunca.

– Faço essa estranha questão – disse Mr. Wylde – porque há cerca de dois anos perdi minha querida filha. Era minha única filha e eu a amava muito. Sua perda foi uma pesada aflição para mim e minha tristeza é ainda maior porque não tenho nenhum retrato dela. O senhor é um homem excepcionalmente talentoso. Se conseguisse pintar um retrato de minha filha, eu ficaria muito agradecido.

    Mr. Wylde, então, descreveu os traços e a aparência de sua filha, a cor de seus olhos e cabelos, tentando dar uma ideia da expressão de seu rosto. Mr. H... ouviu atentamente e, sentindo grande solidariedade a sua dor, fez um esboço. Não tinha a pretensão de ter acertado, mas esperava que o sofrido pai pudesse acreditar que sim. Mas o pai balançou a cabeça ao ver o esboço e disse:

    – Não, não se parece com ela...

    O artista tentou mais uma vez, mas falhou novamente. Os traços estavam corretos, mas a expressão não era a dela. O pai devolveu-lhe o desenho, agradecendo a Mr. H... o sincero empenho, mas sem esperança de obter qualquer resultado. De repente, uma ideia brilhou na mente do pintor, que pegou outra folha de papel, fazendo um rápido e vigoroso esboço, que estendeu a seu companheiro. Imediatamente, um alegre olhar de reconhecimento e prazer iluminou o rosto do pai, que exclamou:

    – É ela! Com certeza você deve ter visto minha filha ou não poderia atingir tamanha perfeição.

    – Quando sua filha morreu? – perguntou o pintor, com agitação.

    – Há dois anos, num dia 13 de setembro. Morreu à tarde, depois de alguns dias doente.

    Mr. H... refletiu, mas nada disse. A imagem da jovem do trem estava impressa em sua memória como o brilho de um diamante e sua misteriosa profecia agora tinha se cumprido. Algumas semanas mais tarde, tendo terminado um retrato completo da jovem, enviou-o ao pai. A semelhança, segundo todos que o viram, era perfeita.

II

Entre os amigos de minha família havia uma jovem dama suíça, que, com um único irmão, havia ficado órfã na infância. Foi acolhida, assim como o irmão, por uma tia. As duas crianças, em muito dependendo uma da outra, tornaram-se estreitamente ligadas. Aos vinte e dois anos de idade, o irmão engajou-se em um compromisso na Índia, de modo que se aproximava o terrível dia em que os dois deveriam separar-se. Não preciso descrever a agonia de pessoas nessa situação. Mas a maneira que os dois encontraram para mitigar a angústia da separação foi incomum. Combinaram que, se um dos dois morresse antes do retorno, o morto deveria aparecer para o vivo.

O jovem partiu. A jovem, depois de algum tempo, casou-se com um cavalheiro escocês e deixou sua casa, para ser a luz e o adorno da casa dele. Tornou-se uma esposa devotada, mas nunca se esqueceu de seu irmão. Correspondia-se com ele regularmente e seus melhores dias no ano eram aqueles que lhe traziam cartas da Índia.

Num dia frio de inverno, dois ou três anos após o casamento, ela estava sentada bordando, diante de uma larga lareira em seu próprio quarto no andar superior. Era cerca de meio-dia e o quarto estava completamente iluminado. Ela estava bastante entretida, quando um estranho impulso a fez levantar a cabeça do bordado e olhar a seu redor. A porta estava levemente aberta e, perto de sua cama grande e antiga, encontrava-se uma pessoa, a qual, num relance, reconheceu ser seu irmão. Com um grito de contentamento, a jovem se levantou e correu a abraçá-lo, exclamando:

— Oh, Henry! Você conseguiu me fazer uma surpresa! Não disse nada que estava vindo!

Mas ele abanou tristemente a mão, indicando que não se aproximasse, e sua irmã estancou no lugar. O rapaz deu um passo em sua direção e perguntou em voz baixa:

— Lembra do que combinamos? Estou aqui para cumprir o trato.

Aproximando-se ainda mais, ele a segurou pelo pulso. Estava glacialmente frio e seu toque provocou um calafrio. O irmão sorriu, um sorriso apagado e triste. Novamente, balançando a mão, fez meia-volta e deixou o quarto.

Quando a jovem se recuperou de um longo desmaio, havia uma marca em seu pulso, que nunca mais desapareceu. O próximo correio da Índia trouxe uma carta, informando que seu irmão tinha morrido no mesmo dia e na mesma hora em que ele lhe apareceu em seu quarto.

III

Às margens do estuário do rio Forth, na Escócia, vivia, muitos anos atrás, uma família de velha linhagem do reino de Fife: jacobitas[4] francos, hospitaleiros e hereditários. Consistia do proprietário — homem bem avançado em

---

[4] Fife é uma região da Escócia, conhecida como Reino de Fife por ter sediado um reino bárbaro na Antiguidade. Jacobitas eram os adeptos do jacobitismo, movimento político que visou a restaurar no trono da Inglaterra e da Escócia os Stuarts, depostos pela Revolução Gloriosa.

idade –, sua esposa, três filhos e quatro filhas. Os filhos tinham ganhado o mundo, mas não a serviço da família real. As filhas eram todas jovens e solteiras, sendo a mais velha e a mais nova muito apegadas. Dormiam no mesmo quarto, dividiam a mesma cama e não guardavam segredos uma da outra. Aconteceu que entre os visitantes da velha casa apareceu um jovem oficial da marinha, cujo brigue frequentemente ancorava nos portos da região. O homem foi bem recebido e, entre ele e a mais velha das duas irmãs, um carinhoso laço se desenvolveu.

Mas a perspectiva de uma semelhante aliança não agradava a mãe da dama e, apesar de não ser dito que isso nunca poderia ocorrer, os enamorados foram advertidos para que se separassem. O pretexto apresentado foi que eles não dispunham de recursos para se casar e deveriam esperar tempos melhores. Essa era uma época em que a autoridade paterna – em toda situação na Escócia – tinha o peso de um decreto do destino, e a jovem dama entendeu que não havia outra coisa a fazer senão dizer adeus a seu amado. Não foi o caso dele, que era um tipo galante e corajoso, e, tomando ao pé da letra a palavra da mãe, determinou-se a dar o melhor de si para fazer fortuna.

Havia uma guerra em curso nesse tempo com alguma potência do norte – acho que com a Prússia – e o amante, que tinha contatos no Almirantado, solicitou ser enviado para o Báltico. Conseguiu o que queria. Ninguém interferiu junto aos jovens, de modo a proibi-los de uma terna despedida, e os dois se separaram, ele, cheio de esperança, ela, desesperançada. Ficou combinado que o rapaz escreveria sempre que pudesse; duas vezes por semana – nos dias de correio na cidade vizinha – a jovem irmã montava seu pônei em busca das cartas. Havia muita alegria envelopada em toda missiva que chegava. E mais e mais as irmãs se sentariam à janela, nas longas noites de inverno, escutando o troar das ondas nos rochedos, bem como desejando e rezando para que cada luz, quando brilhava ao longe, fosse o sinal no topo de um mastro, a avisar que o brigue estava chegando. Assim se passaram semanas, na esperança de um dia sempre adiado, e então ocorreu um intervalo na correspondência. Os dias de correio sucediam-se sem trazer cartas do Báltico, e a agonia das irmãs, especialmente a da comprometida, tornou-se quase insuportável.

As duas dormiam, como já disse, no mesmo quarto e sua janela se abria praticamente sobre as águas do estuário. Numa noite, a irmã mais jovem acordou com os gemidos da mais velha. As duas haviam acendido uma vela no quarto e a puseram na janela, pensando, pobres moças, que serviria como um farol para a embarcação. Com essa luz, ela viu a irmã se agitando, como se tivesse um sono muito perturbado. Depois de alguma hesitação, resolveu acordar a outra, que despertou com um grito medonho e, ajeitando os longos cabelos com as mãos, exclamou:

– O que você fez, o que você fez!

A irmã tentou acalmá-la, perguntando ternamente o que a havia assustado.

– Assustado? – disse a outra, ainda muito agitada. – Não. Eu o vi. Ele entrou por aquela porta e se aproximou do pé da cama. Parecia muito pálido e seu cabelo estava molhado. Ele ia começar a falar comigo, quando você o fez desaparecer. O que você fez, o que você fez!

Não acredito que o fantasma de seu amado tenha lhe aparecido, mas é certo o fato de que o próximo correio do Báltico informou que o brigue havia naufragado com um tufão, matando todos a bordo.

IV

Quando minha mãe era menina de uns oito ou nove anos e vivia na Suíça, o conde R..., de Holstein, veio a esse país por motivos de saúde e alugou uma casa em Vevey, com a intenção de ali permanecer por dois ou três anos. Logo travou conhecimento com os pais de minha mãe, conhecimento que rapidamente evoluiu para amizade. Encontravam-se com frequência e gostavam-se cada vez mais. Conhecendo a intenção do conde quanto à sua permanência na Suíça, minha mãe ficou muito surpresa ao receber certa manhã um apressado bilhete dele, informando-a que urgentes e inesperados negócios o obrigavam a retornar à Alemanha naquele mesmo dia. Acrescentava que sentia muito em partir, mas era obrigado, e terminava despedindo-se e esperando que se encontrassem novamente algum dia. Deixou Vevey naquela noite e nada mais se ouviu sobre ele ou seu misterioso negócio.

Poucos anos depois de sua ida, minha avó e um de seus filhos foram passar algum tempo em Hamburgo. O conde R..., sabendo que estavam lá, foi vê-los e os trouxe para seu castelo em Breitenburg, onde deveriam ficar alguns dias. Era um distrito rústico, mas belo, e o castelo, um edifício sólido, relíquia dos tempos feudais, tinha a fama de ser assombrado, como a maioria dos lugares congêneres. Desconhecendo a história em que essa crença se baseava, minha avó pediu ao conde que a contasse. Depois de algum silêncio e hesitação, ele concordou:

— Há um quarto nessa casa — começou — em que ninguém consegue dormir. Ouve-se ali um barulho, que ninguém sabe o que é, mas parece um incessante arrastar da mobília. Esvaziei o quarto, troquei o assoalho, mas nada fez o barulho parar. Por fim, em desespero, mandei lacrar o quarto. Mas eis a história relacionada a esse quarto.

✶ ✶ ✶

Há alguns séculos, viveu neste castelo uma condessa, cuja caridade com os pobres e gentileza com todo mundo não tinham limites. Ela era conhecida como "a boa condessa R..." e todos gostavam dela. O quarto em questão era seu quarto. Uma noite, a condessa foi despertada de seu sono por uma voz perto do leito; olhando ao redor, à pálida luz de sua lâmpada, ela viu um homenzinho de vinte centímetros de altura, ao lado de sua cama. Muito surpresa, ela o ouviu dizer:

— Boa condessa de R..., vim lhe pedir para ser madrinha de meu filho. A senhora aceita?

A dama aceitou e o pequeno lhe disse que viria buscá-la dali a uns dias para o batizado e com essas palavras desapareceu.

No dia seguinte, lembrando-se do ocorrido, a condessa concluiu que havia tido um sonho esquisito e não pensou mais no assunto. Porém, uma quinzena depois, tendo esquecido o sonho, foi acordada à mesma hora pelo mesmo homenzinho, que lhe disse ter vindo chamá-la a cumprir a promessa. A mulher se levantou, vestiu-se e seguiu seu pequeno guia pelas escadarias do castelo. No centro do pátio havia, e ainda há, um poço grande e quadrado, muito profundo, que avança abaixo da construção ninguém sabe a que distância. Tendo chegado a esse poço, o homenzinho vendou a condessa, disse-lhe que não tivesse medo, e a fez descer por meio de escadas que não se sabia existir. Para a dama, essa era uma situação estranha e surpreendente, que a deixava apreensiva, mas, como estivesse determinada a ver o fim dessa aventura, desceu bravamente. Ao chegarem ao fundo, seu guia lhe retirou a venda dos olhos e ela se viu num salão cheio de gente pequena como ele. Realizou-se o batizado, a condessa foi madrinha e, ao fim da cerimônia, quando ela se preparava para a despedida, a mãe da criança pegou um punhado de aparas de madeira que havia num canto e as colocou num bolso na capa de sua visitante.

– A senhora foi muito gentil, boa condessa de R... – ela disse – em ser a madrinha de meu filho, e sua gentileza não pode deixar de ser recompensada. Quando acordar amanhã, essas aparas terão virado metal e a senhora deve mandar imediatamente fazer com ele dois peixes e trinta moedas. Guarde-os e tenha muito cuidado com eles, pois enquanto estiverem em sua família, tudo lhe será próspero, mas, se um deles se perder, seus problemas não terão fim.

A condessa agradeceu e se despediu. Vendando novamente seus olhos, o homenzinho a conduziu para fora do poço, onde removeu a venda e a deixou, desaparecendo.

Na manhã seguinte, a condessa acordou com a confusa sensação de um sonho extraordinário. Durante a toalete, lembrou-se plenamente dos eventos, e forçou a mente para tentar explicá-los. Ocupava-se com isso quando, ao levar a mão ao bolso da capa, viu que havia alguma coisa ali, que se revelou serem aparas de metal. Como aquilo aparecera ali? Seria real? Não fora, então, um sonho a história do homenzinho e do batizado? Ela contou o caso aos membros de sua família, os quais concordaram em que, fosse qual fosse o significado da aventura, era melhor seguir as instruções ao pé da letra. Decidiu-se fazer os peixes e as moedas, bem como guardá-los cuidadosamente nos cofres da família. O tempo passou; tudo corria bem para a casa de R... O rei da Dinamarca cumulou a família com honras e benefícios, dando ao conde uma alta posição em sua corte. Foram muitos anos de alegria e prosperidade.

De repente, para a consternação da família, um dos peixes desapareceu. Exaustivos esforços foram empreendidos para descobrir o que lhe sucedera, mas nada adiantou. A partir daí, tudo ia mal. O conde que então vivia tinha dois filhos que, numa caçada, mataram-se um ao outro. É incerto se isso foi um acidente ou não, mas, como os dois levavam uma vida de cão e gato, pairava no ar a suspeita de duplo assassinato. O rei, ao saber do ocorrido, julgou necessário afastar o conde de sua corte. Seguiram-se outros desastres. A família se endividou. Suas terras foram vendidas ou incorporadas pelo reino; sobraram apenas o velho castelo de Breitenburg e o pequeno terreno ao seu redor. O processo de deterioração continuou por duas ou três gerações e, para somar-se às adversidades, nascia sempre um louco entre os membros da família.

– Mas agora – prosseguiu o conde – vem a parte mais estranha do mistério. Eu nunca levei muito a sério essas misteriosas relíquias e considerava a história delas uma fábula. E assim eu continuaria a acreditar, não fosse por uma circunstância muito extraordinária. Você deve estar lembrada de como terminou abruptamente minha estadia na Suíça, alguns anos atrás. Pois bem, antes de deixar Holstein, recebi uma curiosa carta de um cavalheiro da Noruega, dizendo que estava muito doente, mas que não podia morrer antes de ver-me e falar comigo. Achei que o homem era louco, pois eu nunca ouvira falar dele antes, de modo que não poderia haver negócios entre nós. Assim, deixei a carta de lado e não pensei mais no assunto.

Meu correspondente, entretanto, não se deu por satisfeito e me escreveu de novo. Meu secretário, que na minha ausência abre e responde minhas cartas, disse-lhe que eu estava na Suíça, cuidando da saúde, e que, se houvesse alguma coisa a me dizer, era melhor fazê-lo por escrito, pois dificilmente eu iria à Noruega.

Isso não satisfez o cavalheiro, que me escreveu uma terceira vez, insistindo em que eu fosse encontrá-lo e declarando que o que tinha a me dizer era de imensa importância para nós dois. Meu secretário ficou tão impressionado com o tom franco da carta que a encaminhou para mim, aconselhando-me a não recusar o encontro. Essa foi a causa de minha partida súbita de Vevey e não me canso de me alegrar por não ter persistido numa recusa.

Enfrentei uma longa e cansativa viagem e uma ou duas vezes senti-me tentado a voltar atrás, mas um estranho impulso me levou a ir em frente. Tive de atravessar praticamente toda a Noruega; vários dias montado a cavalo, atravessando pântanos selvagens, charnecas cobertas de urze, penhascos e lugares ermos, tendo sempre ao meu lado a costa rochosa, assolada por águas tormentosas.

Afinal, depois de muito cansaço e sofrimento, atingi a aldeia indicada pela carta, na costa norte da Noruega. O castelo do cavalheiro – uma grande torre redonda – erguia-se numa pequena ilha ao largo da costa e comunicava-se com a terra por uma ponte levadiça. Lá cheguei tarde da noite e devo admitir que me sentia temeroso ao cruzar a ponte, ao clarão de uma tocha, ouvindo as águas escuras explodindo aos meus pés. A porta foi aberta por um homem que a fechou atrás de mim, mal eu a havia atravessado. Meu cavalo foi levado e eu, conduzido ao quarto do cavalheiro. Era um pequeno apartamento circular, escassamente mobiliado. Lá, numa cama, jazia o velho cavalheiro, evidentemente à espera da morte. Tentou levantar-se quando entrei e lançou-me um olhar de gratidão e alívio que compensou minhas atribulações.

– Não há como agradecê-lo o bastante, conde de R... – disse ele – por me atender. Estivesse eu em condições de viajar e teria ido a seu encontro, mas isso era impossível e eu não podia morrer sem vê-lo. Meu negócio é simples, embora importante. O senhor reconhece isto?

E ele tirou debaixo do travesseiro o meu peixe há tanto tempo perdido. Claro que o reconheci e o cavalheiro prosseguiu:

– Há quanto tempo ele está nessa casa eu não sei, nem de que modo chegou aqui, nem, até há pouco, estava eu ciente de quem era de direito seu proprietário. Ele não chegou aqui em meu tempo, nem no de meu pai e é um mistério quem o trouxe. Quando fiquei doente e se evidenciou a impossibilidade de cura, uma noite, escutei uma voz me dizendo que eu não deveria morrer antes de devolver o peixe ao conde de R..., de Breitenburg. Eu não o conhecia, nunca ouvira falar do senhor e, a princípio, não dei ouvidos à voz. Mas ela insistiu, noite após noite, até que afinal, desesperado, resolvi lhe escrever. Então a voz se calou. Sua resposta veio e novamente ouvi a advertência de que não deveria morrer até a sua chegada. Finalmente, fiquei sabendo de sua vinda e não tenho palavras para agradecê-lo por sua gentileza. Tenho certeza de que não poderia morrer sem vê-lo.

Naquela noite o velho morreu. Esperei seu enterro e voltei para casa, trazendo meu tesouro comigo. Ele foi cuidadosamente devolvido a seu lugar. No mesmo ano, morreu meu irmão mais velho, que estava há muitos anos internado num asilo de loucos, e eu me tornei o proprietário deste lugar. No ano passado, para minha grande surpresa, recebi uma gentil missiva do rei da Dinamarca, restabelecendo-me no cargo que meus antepassados exerceram. Este ano, fui nomeado tutor de seu filho mais velho, e o rei me devolveu grande parte das propriedades confiscadas, de modo que o sol da prosperidade parece brilhar novamente sobre a casa de Breitenburg. Há pouco tempo, mandei uma das moedas a Paris e outra a Viena, para que fossem analisadas e que me informassem de que metal são feitas, mas ninguém conseguiu descobrir.

///

Assim terminou sua história o conde de R..., que depois levou sua ansiosa ouvinte ao local onde se guardavam aqueles preciosos artigos e os mostrou a ela.

A HISTÓRIA DO PINTOR DE RETRATOS
(1859)

Publicou-se[5] recentemente nestas páginas um trabalho com o título de "Quatro histórias de fantasmas". A primeira delas relatava a estranha experiência de um famoso artista inglês, Mr. H... Por ocasião da publicação, o próprio Mr. H... escreveu ao editor desta revista – para completa surpresa deste – e encaminhou-lhe seu próprio relato dos acontecimentos em questão. Como a carta de Mr. H... não contivesse nenhum tipo de meias-palavras, estivesse assinada com seu nome completo e viesse diretamente de seu próprio estúdio em Londres, não havia por que duvidar de ser o seu autor uma pessoa real, bem como um cavalheiro responsável, tornando-se nosso dever ler seu comunicado com a devida atenção. E como uma grande injustiça lhe fora feita, inconscientemente, com a versão publicada da primeira das "Quatro histórias de fantasmas", aqui reproduzimos na íntegra a que

---

[5] Essa introdução em itálico é do próprio Dickens e data da publicação original desse relato na Revista *All the Year Round*.

ele nos apresenta. Ela é publicada, naturalmente, com a sanção e autorização de Mr. H..., que pessoalmente revisou as provas. Sem tentar levantar qualquer teoria para explicar qualquer parte dessa incrível narrativa, que supomos ser de Mr. H..., preferimos publicá-la sem nenhuma outra observação introdutória. Apenas acrescentar que ninguém, em nenhum momento, se interpôs entre nós e Mr. H... nessa questão. O relato integral está aí em primeira mão. Ao ler o artigo "Quatro histórias de fantasmas", Mr. H... nos escreveu com bom humor e honestidade: "Eu sou Mr. H..., em carne e osso, ao qual se mencionou na edição passada. Não sei como minha história foi parar nas mãos de vocês, mas ela foi contada corretamente. Tenho-a também comigo, escrita por mim mesmo, e gostaria de mostrá-la".

✻ ✻ ✻

Sou pintor. Em uma manhã de maio em 1858, estava sentado em meu estúdio, dedicando-me às minhas ocupações de costume. Num horário anterior ao usual para as visitas, recebi um amigo com quem travara relações um ou dois anos antes, no quartel de Richmond, em Dublin. Ele era um capitão na 3ª Milícia de West York e, pela forma hospitaleira com que me recebeu quando fui seu hóspede naquele regimento, bem como pela intimidade que se desenvolveu entre nós, era meu dever oferecer-lhe a mais cordial hospitalidade; consequentemente, lá pelas duas da tarde, andávamos bem ocupados com o bate-papo, os charutos e uma garrafa de *sherry*. Por volta desse horário, a campainha tocou fazendo-me lembrar de um compromisso que havia marcado com uma modelo, ou antes, uma jovem que, devido ao belo rosto e pescoço, ganhava a vida posando para artistas. Por não me encontrar com a menor disposição para o trabalho, combinei que voltasse no dia seguinte, prometendo, é claro, remunerá-la pelo tempo perdido, e ela se foi. Depois de cinco minutos, no entanto, voltou e, pedindo para falar comigo em particular, disse que já contava com o dinheiro daquele dia, o qual lhe faria muita falta; seria possível eu lhe dar algum adiantamento? Não havendo problemas quanto a isso, novamente ela partiu. Perto de onde moro, há uma rua com um nome bastante similar ao da minha e pessoas que não estão familiarizadas com meu endereço frequentemente acabam lá por engano. O caminho da modelo passava exatamente por essa rua e, ao chegar ali, ela foi abordada por um cavalheiro e uma dama, que lhe perguntaram se poderia informá-los onde eu morava. Haviam esquecido o meu endereço correto e tentavam me localizar perguntando às pessoas que encontravam; em alguns minutos foram conduzidos à minha sala.

    Meus novos visitantes me eram estranhos. Tinham visto um retrato que eu fizera e gostariam que pintasse um deles mesmos e outro de seus filhos. O preço que pedi não os assustou, mas pediram para dar uma olhada no estúdio a fim de escolher o estilo e o tamanho que mais lhes agradassem. Meu amigo da West York, com muita verve e bom humor, tomou para si o papel de *marchand*, elogiando os méritos de minhas obras de um modo que a modéstia esperada de um profissional, ao falar de seu próprio trabalho, não me teria permitido.

    Satisfeitos com a inspeção, perguntaram-me se poderia fazer os retratos em sua casa de campo e, não havendo dificuldades quanto a isso, agendamos o compromisso para o outono seguinte, sujeito ao envio de uma carta minha para acertar a data em que eu poderia ir encontrá-los. Assim combinado, o cavalheiro me deu seu cartão e os dois foram embora. Meu amigo também se foi, logo em seguida, e, ao olhar pela primeira vez o cartão deixado pelos desconhecidos, fiquei um pouco decepcionado por perceber que, apesar de ali estarem os nomes do senhor e senhora Kirkbeck, não havia nenhum endereço. Tentei encontrar um, procurando no Guia da Corte, mas não havia nenhum nome parecido. Então, coloquei o cartão em minha escrivaninha e esqueci toda a transação por algum tempo.

O outono chegou e com ele uma série de compromissos assumidos no norte da Inglaterra. Por volta do final de setembro de 1858, eu era um dos convidados de um jantar numa casa de campo nos limites de Yorkshire e Lincolnshire. Sendo eu um estranho para a família anfitriã, apenas um mero acidente me levou àquela casa. Eu combinara passar um dia e uma noite com um amigo daquela vizinhança, o qual conhecia as pessoas da casa e foi convidado para o jantar. Já que este aconteceria por ocasião da minha presença ali, ele me pediu para acompanhá-lo. Tratava-se de um banquete muito concorrido. Quando a refeição aproximava-se do fim e iniciava-se a sobremesa, a conversa voltou-se para as generalidades. Devo mencionar aqui que minha audição é falha e, em algumas ocasiões, ainda pior do que em outras. Nessa noite, em particular, eu estava especialmente surdo – tanto que a conversa chegava a mim apenas como um contínuo burburinho. Houve um momento, no entanto, em que ouvi uma palavra distintamente pronunciada, apesar de ser dita por alguém a uma considerável distância de onde eu estava, e essa palavra foi Kirkbeck. Com os negócios da temporada em Londres, eu esquecera completamente os visitantes da primavera passada, que haviam deixado seu cartão sem endereço.

A menção daquele nome, sob tais circunstâncias, chamou minha atenção e imediatamente trouxe a transação à minha memória. Na primeira oportunidade, perguntei a alguém com quem conversava se uma família com aquele nome residia na vizinhança. A resposta foi que um certo Mr. Kirkbeck morava em A..., nos limites do condado. Na manhã seguinte escrevi para esse cavalheiro, dizendo-lhe acreditar que ele me visitara em meu estúdio na primavera e fechara comigo um negócio, o qual fui impedido de honrar por não haver um endereço em seu cartão de visitas; além disso, eu estaria em sua vizinhança em breve, quando de meu retorno do norte, mas, no caso de estar me dirigindo à pessoa errada, por favor não se preocupasse em responder minha mensagem. Dei como meu o endereço do correio de York. Ao passar por ali, três dias depois, recebi uma carta de Mr. Kirkbeck, afirmando ter ficado muito feliz em receber notícias minhas, bem como, se eu o visitasse por ocasião de meu retorno, tomaria as providências para a realização dos retratos; disse-me também para lhe escrever um dia antes de minha chegada, de modo a ele não se comprometer com outros afazeres. Ficou finalmente decidido que eu deveria ir no sábado seguinte à sua casa, onde ficaria até a segunda pela manhã. Depois, poderia voltar a Londres para cuidar do que quer necessitasse meus cuidados, retornando à sua casa dali a quinze dias para finalizar o trabalho.

Chegado o dia da minha visita, logo após o desjejum, tomei meu lugar no trem matutino que saía de York para

Londres. O trem pararia em Doncaster e em seguida no entroncamento em Retford, onde eu deveria descer para pegar a linha de Lincoln para A... O dia estava frio, úmido, enevoado e em todos os sentidos tão desagradável quanto sempre me pareceram ser os dias de um outubro inglês. No vagão onde me sentei não havia ninguém, exceto eu mesmo, mas, na estação de Doncaster, uma jovem dama embarcou. Meu lugar ficava de costas para a máquina e era perto da porta. Como esse é considerado o lugar das damas, ofereci-o a ela; no entanto, a jovem muito graciosamente declinou e sentou-se do lado oposto, dizendo, numa voz muito agradável, que gostava de sentir a brisa em seu rosto. Ocupou os minutos seguintes em acomodar-se. Era preciso estender a capa, ajeitar seu vestido, ajustar as luvas e realizar os vários outros ajustes que as damas costumam fazer antes de se acomodar numa igreja ou em qualquer outro lugar, dos quais o último e mais importante é abaixar o véu que encobre suas feições. Pude, então, reparar que a dama era jovem, com certeza não mais que vinte e três anos; mas, sendo moderadamente alta, de estatura robusta e com uma expressão decidida, bem poderia ser dois ou três anos mais nova. Suponho que sua aparência se diria média: os cabelos de cor castanho-clara, ou castanho-avermelhados, enquanto os olhos e as sobrancelhas, decididamente marcadas, eram quase negras. A cor da face tinha um tom pálido e transparente que realçava os olhos grandes e expressivos, assim como a expressão firme e uniforme da boca. No todo, o conjunto estava mais para o atraente do que para o belo, havendo em sua expressão uma agradável profundidade e harmonia, que tornavam seu rosto e feições, embora não estritamente regulares, infinitamente mais atraentes do que se tivessem sido modeladas sob as severas regras da simetria.

    Não é pouca vantagem, num dia úmido, durante uma viagem longa e tediosa, poder contar com uma companhia agradável, alguém com quem se possa conversar e cuja conversação contenha em si substância suficiente para fazer esquecer a duração e a monotonia da jornada. Nesse sentido, não havia do que reclamar, pois a jovem era decidida e agradavelmente tagarela. Mal se pôs à vontade, pediu licença para olhar o meu *Bradshaw*[6] e, não sendo proficiente nessa difícil tarefa, pediu-me ajuda para identificar o horário em que o trem passaria por Retford novamente, em seu retorno de Londres para York. Logo em seguida a conversa passou para as generalidades e, um pouco para minha surpresa, tocou em tópicos específicos com os quais, supostamente, só eu deveria estar familiarizado; de fato, eu não podia deixar de perceber que sua atitude, apesar de sermos até então estranhos um ao outro, era a de alguém que me conhecia pessoalmente ou ouvira muito falar a meu respeito.

    Havia em sua maneira de me escutar uma espécie de íntima confiança que não é comum em desconhecidos, e várias vezes, de fato, ela parecia se referir a diferentes circunstâncias ligadas a mim em tempos passados. Após cerca de três quartos de hora de conversação, o trem chegou em Retford, onde eu deveria mudar de linha. Quando desembarquei, desejando-lhe um bom dia, ela fez um leve movimento com a mão como se a estendesse para eu cumprimentá-la e, ao fazer isso, disse, em forma de adeus:

---

[6] Trata-se de um guia dos horários dos trens na Grã-Bretanha.

— Aposto que nos encontraremos de novo.
Ao que respondi:
— Espero que nos encontremos de novo.

E então partimos, ela tomando a linha para Londres e eu, através de Lincolnshire, para A... O resto da viagem foi frio, úmido e aborrecido. Sentia falta da conversa agradável, o que tentei substituir com um livro trazido comigo de York e o *Times*,[7] comprado em Retford. Felizmente, até as viagens mais tediosas chegam ao fim, e às cinco e meia da tarde foi a vez da minha. Uma carruagem me esperava na estação, onde Mr. Kirkbeck também deveria ter chegado pelo mesmo trem, mas, como ele não apareceu, concluiu-se que chegaria no próximo – meia hora mais tarde, de modo que, conforme programado, o cocheiro seguiu viagem comigo apenas.

Como a família não estava em casa e o jantar era às sete, segui imediatamente ao meu quarto para desfazer as malas e me aprontar; concluídas essas operações, desci até a sala de estar. Provavelmente faltava ainda algum tempo para a hora do banquete, pois as luzes não estavam acesas, mas na sala de jantar havia um fogo que crepitava e lançava luzes em todos os cantos e, mais particularmente, numa dama vestida de negro, que apoiava um belíssimo pé junto à borda da lareira. Uma vez que seu rosto se voltava para o outro lado da porta pela qual eu entrara, não vi a princípio suas feições; no entanto, mal entrei no recinto, ela retirou o pé de onde estava e se virou para mim, de modo que percebi, para minha maior surpresa, que ela não era outra senão minha companheira do vagão do trem. A jovem não demonstrou nenhuma surpresa

---
[7] *The Times* é um jornal diário inglês, publicado desde 1785.

ao ver-me; pelo contrário, com uma daquelas alegres expressões que tornam bela a mulher mais comum, abordou-me deste modo:

– Não lhe disse que nos encontraríamos novamente?

Minha perplexidade quase me fez perder a voz. Não podia imaginar por que trem ou qualquer outro meio ela teria chegado ali antes de mim. Com certeza eu a deixara num trem para Londres e o vira partir. O único caminho plausível que ela poderia ter feito era ir a Peterborough e depois retornar por uma ramificação para A..., num circuito de mais ou menos 150 km. Tão logo minha surpresa me devolveu a voz, disse-lhe que gostaria de ter vindo pelo seu mesmo meio de transporte.

– Isso teria sido bem difícil – ela replicou.

Nesse momento chegou um criado com as lâmpadas, informando que seu patrão chegara havia pouco e logo desceria para o jantar. A dama pegou um livro com algumas gravuras e, selecionando uma delas (um retrato de Lady F...), pediu-me que a olhasse bem e lhe dissesse se a achava parecida com ela.

Enquanto eu me concentrava em produzir uma opinião, Mr. e Mrs. Kirkbeck entraram e me cumprimentaram cordialmente, desculpando-se por não estarem em casa para me receber. Por fim, o cavalheiro me pediu para acompanhar Mrs. Kirkbeck até a sala de jantar. A dona da casa pegou no meu braço e seguimos adiante. Certamente, hesitei um instante em deixar Mr. Kirkbeck ir na frente com a misteriosa dama de preto, mas, já que Mrs. Kirkbeck não via nada de mal nisso, continuamos. Como o jantar era apenas para nós quatro, encontramos nossos lugares à mesa sem dificuldade, a anfitriã e anfitrião nas pontas da mesa, a dama e eu um de cada lado. O jantar decorreu como de costume em ocasiões do gênero. Tendo de desempenhar o papel de convidado, dirigi minha palavra especialmente, senão exclusivamente, aos meus anfitriões, e não consigo lembrar se um de nós alguma vez dirigiu a palavra à dama no lado oposto. Percebendo isso, e lembrando-me de algo que parecia uma ligeira falta de atenção a ela ao entrarmos na sala de jantar, imediatamente concluí que a jovem devia ser a governanta.

Observei, no entanto, que ela jantou muito bem; parecendo apreciar tanto o bife quanto a torta, bem como um cálice de vinho tinto ao fim da comida. Provavelmente, não tinha almoçado ou a viagem lhe abrira o apetite. O jantar terminou, as mulheres se retiraram, e após o Porto de costume, eu e Mr. Kirkbeck nos juntamos a elas na sala de estar. Contudo, a essa altura, um grupo muito maior de pessoas já se reunia. Irmãos e cunhadas tinham vindo de suas residências na vizinhança com várias crianças, juntamente com Miss Hardwick, sua governanta, sendo-me todos apresentados. Logo percebi que minha suposição de ser a dama de negro a governanta estava incorreta. Após passar o tempo necessário ocupado em elogiar as crianças e dizendo algo às diferentes pessoas às quais eu era apresentado, encontrei-me novamente com a jovem do trem, e como o assunto da noite havia sido principalmente a pintura de retratos, ela não se afastou dele.

– Você acha que poderia pintar o meu retrato? – perguntou-me.

– Sim, se houvesse oportunidade, acredito que sim.

– Agora, olhe bem para o meu rosto. Você acha que seria capaz de lembrar dos meus traços?

– Sim, tenho certeza de que nunca me esqueceria de seus traços.

– É claro que era isso que eu esperava que você dissesse; mas acha que conseguiria me pintar de memória?

– Bem, se for necessário, posso tentar. Mas você não poderia posar para mim alguma vez?

– Não, é impossível; não poderia acontecer. Dizem que a imagem que lhe mostrei antes do jantar é parecida comigo, você concorda?

– Não muito – repliquei –, não tem a sua expressão. Se você puder posar para mim uma vez, seria melhor que nada.

– Não. Não vejo como isso fosse possível.

Como a essa hora a noite já estava bem avançada e as velas haviam sido trazidas, com o pretexto de estar cansada, ela me deu um caloroso aperto de mão e desejou-me boa noite. Minha misteriosa amiga me provocou não poucas reflexões durante a madrugada. Eu nunca fora apresentado a ela, não a vira falar com ninguém durante toda a noite, nem mesmo para desejar boa noite a alguém – como ela atravessara a região era um inexplicável mistério. Por que ela queria que a pintasse de memória, e por que não poderia posar para mim pelo menos uma vez? Sentindo que a dificuldade de encontrar uma solução para essas questões me oprimiam, decidi deixar de dar a elas outras considerações, até a hora do desjejum, quando supus que o problema seria elucidado.

A hora do café da manhã afinal chegou, mas com ela não veio nenhuma dama vestida de preto. A refeição matutina terminou, fomos à igreja, voltamos para o almoço e assim o dia passou, sem nenhuma dama, nem qualquer referência a ela. Então, concluí que deveria ser uma parente distante, que havia partido bem cedo pela manhã para visitar algum outro membro da família que morasse por perto. No entanto, eu estava intrigado pelo fato de não se fazer qualquer menção a ela e, como não encontrasse oportunidade para tocar nesse assunto em minha conversa com a família, fui para cama, naquela segunda noite, mais perplexo que nunca.

Quando um criado apareceu pela manhã, arrisquei perguntar-lhe o nome da dama que jantara conosco no sábado à noite, ao que ele respondeu:

– Uma dama, senhor? Não havia nenhuma dama, apenas Mrs. Kirkbeck.

– Sim, mas a dama que se sentou no lado oposto ao meu, vestida de preto?

– Talvez Miss Hardwick, a governanta, senhor...

– Não, não Miss Hardwick; ela chegou depois.

– Não me lembro de nenhuma outra dama, senhor.

– Ora, mas que coisa! Sim, a dama de preto que estava na sala de estar quando eu cheguei, antes de Mr. Kirkbeck voltar para casa?

O homem me olhou surpreso como se duvidasse de minha sanidade mental e se limitou a responder, antes de sair:

– Não sei de nenhuma dama, senhor.

O mistério se apresentava agora ainda mais impenetrável do que nunca – pensei e repensei sobre ele em todos os aspectos possíveis, mas não consegui chegar a nenhuma conclusão. O café foi servido cedo naquela manhã, para me permitir pegar o trem matutino para Londres. Isso nos apressou um pouco, de modo que não houve tempo para conversar sobre outra coisa além do que se referia diretamente ao negócio que havia me levado ali. Então, combinando voltar em três semanas para pintar os retratos, despedi-me e voltei para a capital.

Ainda é necessário mencionar minha segunda visita àquela casa para afirmar que me asseguraram, muito positivamente, tanto Mr. quanto Mrs. Kirkbeck, que não houvera uma quarta pessoa à mesa na noite do sábado em questão. A lembrança dos dois era muito clara quanto a isso, pois haviam discutido se deveriam convidar Miss Hardwick, a governanta, para ocupar o lugar vazio, mas haviam decidido não fazê-lo. Também não se lembravam de nenhuma pessoa com a descrição que eu fazia em todo o seu círculo de relações.

Algumas semanas se passaram. O Natal se aproximava. A breve luz de um dia de inverno estava quase a acabar e eu estava sentado à minha mesa, escrevendo cartas para o correio da noite. Estava de costas para as portas sanfonadas que davam para a sala em que os visitantes normalmente me aguardam. Eu me ocupava em escrever havia alguns minutos, quando, sem ouvir nem ver nada, percebi que alguém entrara e estava ali, parado ao meu lado. Virei-me e deparei com a dama do trem. Suponho que o meu jeito deu a entender que eu estava um pouco assustado, pois a dama, após a saudação usual, disse:

– Perdoe-me por perturbá-lo. Você não me ouviu entrar.

Sua atitude, apesar de mais silenciosa e contida do que a de antes, dificilmente poderia ser chamada de sombria, menos ainda de melancólica. Algo havia mudado, mas era aquele tipo de mudança que normalmente só pode ser observado na espontânea impulsividade de uma jovem e inteligente dama, ao se transformar na compostura serena dessa mesma dama quando ela fica noiva ou acaba de tornar-se mãe.

Perguntou-me se eu havia feito alguma tentativa de pintar um retrato seu. Fui forçado a confessar que não. Lamentou bastante, pois queria dar um a seu pai. Tinha trazido consigo uma gravura (um retrato de Lady M... A...) que achou que pudesse me ajudar. Era parecida com aquela sobre a qual havia pedido minha opinião na casa de Lincolnshire. Sempre achara que se parecia muito com ela e deixá-la-ia comigo. Então (colocando sua mão firmemente em meu braço), acrescentou:

– Realmente agradeceria muito se você me pintasse (e se bem me recordo, acrescentou), porque muita coisa depende disso.

Vendo que estava efetivamente falando sério, peguei meu bloco de rascunhos e, com a pouca luz que ainda restava, comecei a fazer um rápido esboço seu. Ao me observar fazer isso, no entanto, em vez de colaborar, virou-se com o pretexto de olhar os quadros ao redor do quarto, ocasionalmente voltando-se de um para o outro, de forma a me permitir captar pelo menos um vislumbre momentâneo de suas feições.

Dessa forma fiz dois esboços corridos, mas bastante expressivos dela e sendo tudo o que a pouca luz me permitiria fazer, fechei o bloco e me preparei para sair. Dessa vez, no lugar do corriqueiro "bom-dia", desejou-me um "adeus" impressionantemente pronunciado, segurando minha mão com firmeza, em vez de apertá-la formalmente. Acompanhei-a até a porta, em cuja sombra ela pareceu desaparecer, mais do que atravessar. Mas atribuo essa impressão à minha própria fantasia.

Em seguida, perguntei à criada por que não me havia anunciado a visitante. Respondeu não saber que houvera uma e que, quem quer que houvesse entrado, deveria tê-lo feito quando deixou a porta da rua aberta, cerca de meia hora antes, enquanto saíra por uns instantes.

Logo após esse fato, precisei cumprir um compromisso numa casa próxima a Bosworth Field, em Leicestershire. Deixei Londres na sexta, tendo despachado alguns quadros, que eram muito grandes para levar comigo, pelo trem de carga uma semana antes, para que estivessem na casa quando eu chegasse e não perdesse tempo em esperá-los. Na chegada, contudo, descobri que ninguém tivera notícia deles. Ao me informar na estação, disseram que um pacote semelhante ao que descrevia passara por ali e seguira adiante para Leicester, onde provavelmente ainda se encontrava. Como era sexta-feira e o correio já estava fechado, não havia como mandar um telegrama para lá antes da segunda de manhã. Além disso, a seção de bagagem estaria fechada no domingo; consequentemente, eu só poderia esperar a volta dos quadros na terça ou quarta-feira seguinte. Seria péssimo perder três dias; assim, para evitar isso, sugeri ao meu anfitrião que eu deveria partir imediatamente para tratar de outros negócios em South Staffordshire, uma vez que precisava resolvê-los antes de meu retorno a Londres, e caso eu pudesse tomar conta disso nesse período ocioso que o acaso me concedeu, economizaria algum tempo depois que o trabalho dele estivesse concluído. Sendo isso prontamente acordado, corri para a estação de Atherstone na Ferrovia Trent Valley. Consultando o *Bradshaw*, descobri que minha rota passava por Litchfield, onde eu deveria mudar de trem para S..., em Staffordshire. Cheguei bem na hora do trem de Litchfield, às oito da noite, quando se anunciou um trem dali para S... às oito e dez, correspondendo, como concluí, ao trem em que eu estava para viajar. Não havia dúvidas de que terminaria minha jornada naquela mesma noite, a não ser quando cheguei em Litchfield. Ali, descobri que meus planos não dariam certo. O trem chegou pontualmente, desci dele planejando esperar na plataforma a chegada da composição para a outra linha. No entanto, descobri que, apesar de as duas linhas se cruzarem em Litchfield, não tinham comunicação uma com a outra; a estação de Litchfield na linha de Trent Valley ficava num lado da cidade e a estação de Litchfield na linha de South Staffordshire, no outro. Também descobri que não havia tempo hábil para chegar à outra estação de forma a pegar o trem naquela mesma noite. De fato, o trem acabara de passar naquele mesmo instante em um nível abaixo de mim e de chegar ao outro lado da cidade, onde ele pararia apenas por dois minutos. Não havia, portanto, nada mais a fazer a não ser me hospedar no Hotel Swan por aquela noite. Tenho especial desprazer em passar a noite em hotéis de cidades do interior. Nunca janto num lugar desses, visto que prefiro ficar com fome a comer o que eles provavelmente teriam a oferecer. Livros, nunca há e os jornais do interior não me interessam. Já lera todo o *The Times* durante minha viagem. A companhia que poderia encontrar tinha poucas ideias em comum comigo. Sob tais circunstâncias, eu normalmente apelo para uma xícara de chá para passar o tempo e, quando acabo, me ocupo escrevendo cartas.

    Esta era a primeira vez em que eu me encontrava em Litchfield e, enquanto esperava pelo chá, me ocorreu que, em duas ocasiões nos últimos seis meses, estive para vir para esse mesmo lugar, uma vez para executar um pequeno trabalho para um velho conhecido que ali morava; de outra, para pegar os materiais para um quadro que eu havia resolvido pintar sobre um incidente da juventude do Dr. Samuel Johnson. Eu deveria ter vindo em cada uma dessas ocasiões, não fosse por outros compromissos que me afastaram desse propósito, levando-me a adiar indefinidamente a viagem. No entanto, "Que estranho!", o pensamento me ocorreu, "Cá estou em Litchfield, sem ser minha intenção, apesar de haver tentado em vão aqui chegar por duas vezes!"

Quando terminei o chá, achei que deveria aproveitar e escrever para um amigo que havia conhecido alguns anos antes e que morava em Cathedral Close, perguntando-lhe se gostaria de vir aqui e passar uma ou duas horas comigo. Dessa forma, chamei a camareira e perguntei:

– O Sr. Lute mora em Litchfield?

– Sim, senhor.

– Em Cathedral Close?

– Sim, senhor.

– É possível mandar uma mensagem para ele?

– Sim, senhor.

Escrevi um bilhete, dizendo onde eu me encontrava e perguntando se ele poderia vir por uma hora ou duas para batermos papo. A mensagem foi levada e em cerca de vinte minutos um cavalheiro bem apessoado e no que se pode chamar de meia idade avançada entrou na sala com meu bilhete nas mãos, dizendo que eu o havia enviado presumivelmente por engano, uma vez que éramos estranhos. Percebendo imediatamente que ele não era a pessoa a quem eu havia escrito, desculpei-me e perguntei-lhe se acaso não haveria um outro Mr. Lute morando em Litchfield.

– Não, não há nenhum outro.

Certamente, raciocinei, meu amigo tinha me dado seu endereço correto, pois eu já escrevera para ele em outras ocasiões. Tratava-se de um fino jovem que conseguira adquirir uma propriedade por consequência da morte de seu tio durante uma caçada com cães, e era casado, havia dois anos, com uma jovem de nome Fairbairn. O estranho muito educadamente respondeu:

– Você está se referindo ao Sr. Clyne, que de fato morou em Cathedral Close, mas se mudou há algum tempo.

O estranho tinha toda a razão e, surpreso, exclamei:

– Puxa vida! É claro! É esse o nome! O que poderia ter me feito escrever para você e não para ele? Realmente, peço sentidas desculpas! Ter escrito para você e inconscientemente ter adivinhado seu nome, é uma das coisas mais extraordinárias e inexplicáveis que já me ocorreu. Peço sinceramente que me perdoe...

Ele continuou calmamente:

– Não há necessidade disso; por coincidência, você é mesmo a pessoa que eu mais queria encontrar. Você é um pintor e eu queria contratá-lo para pintar o retrato de minha filha. Você não poderia vir a minha casa imediatamente para isso?

Fiquei bastante surpreso em saber que ele me conhecia, mas os eventos haviam tomado um curso tão completamente inesperado, que naquele momento não me senti inclinado a aceitar a encomenda; expliquei-lhe, então, minha posição, dizendo que eu só podia dispor do dia seguinte e da segunda-feira. No entanto, ele insistiu tão sofregamente, que me dispus a fazer o possível naqueles dois dias. Pegando minha bagagem e resolvendo outras pendências, acompanhei-o à sua casa. Durante o caminho, ele quase não disse palavra, mas seu jeito taciturno pareceu-me apenas um prolongamento de sua calma compostura no hotel. Quando chegamos, ele me apresentou a sua filha Maria e deixou a sala em seguida.

Maria Lute era uma jovem de quinze anos, bela e decididamente atraente; sua atitude era, no entanto, mais madura do que sua idade e indicava uma serenidade e, no bom sentido do termo, uma feminilidade, que é vista apenas, em tão pouca idade, em garotas que perderam a mãe, ou outras razões análogas, capazes de as obrigarem a despender muito de seus próprios recursos. Ela, evidentemente, não havia sido informada do motivo de minha vinda e sabia apenas que eu passaria a noite lá; portanto, afastou-se por alguns momentos para orientar os criados a preparar meu quarto. Quando retornou, disse-me que não veríamos seu pai novamente naquela noite; seu estado de saúde o havia obrigado a retirar-se para o quarto, mas esperava que eu pudesse vê-lo em algum momento na manhã seguinte. Enquanto isso, gostaria que eu ficasse à vontade e pedisse o que desejasse. Ela mesma estava acomodada na sala de estar, mas talvez eu gostasse de fumar e beber algo; nesse caso, havia uma lareira no quarto da governanta, e ela me acompanharia e sentaria comigo, pois esperava o médico a qualquer instante e ele, provavelmente, também ficaria para fumar e tomar alguma coisa. Como a pequena dama parecia recomendar essa alternativa, concordei prontamente. Não fumei ou bebi nada, apenas sentei-me perto do fogo e ela, imediatamente, juntou-se a mim. Conversava bem e desembaraçadamente e com um domínio de linguagem incomum em alguém tão jovem. Sem ser desagradavelmente curiosa ou me impor qualquer pergunta, parecia desejosa em descobrir o trabalho que me havia trazido à sua casa. Disse-lhe que seu pai queria que eu pintasse o seu retrato ou o de sua irmã, caso ela tivesse alguma.

Permaneceu silenciosa e atenta por alguns instantes e então pareceu entender tudo. Disse-me que sua irmã, a única, a quem seu pai era profundamente ligado, morrera há cerca de quatro meses; seu pai ainda não se recuperara do choque dessa morte. Ele frequentemente expressava o maior desejo de ter um retrato dela; de fato, só pensava nisso e ela alimentava esperanças de que, caso algo assim pudesse ser feito, isso ajudaria a melhorar a saúde dele.

Neste ponto, hesitou, gaguejou e pôs-se a chorar. Após algum tempo continuou:

– Não adianta esconder o que você precisará saber muito em breve. Papai está desequilibrado. Está assim desde que Caroline foi enterrada. Diz que está sempre vendo a querida Caroline e é acometido de delírios terríveis. O médico diz não saber o quanto ele pode piorar e que qualquer coisa perigosa, como facas ou lâminas, devem ser mantidas fora de seu alcance. Foi necessário que você não o visse novamente esta noite, pois ele estava incapaz de conversar apropriadamente e receio que o mesmo aconteça amanhã; mas talvez você possa ficar até domingo e eu consiga lhe assistir em fazer o que ele deseja.

Perguntei se tinham algum material para eu fazer o retrato – uma fotografia, desenho ou qualquer outra coisa que pudesse usar. Não, não tinham nada. "Ela conseguiria descrevê-la detalhadamente?" Achava que sim; e havia uma gravura muito parecida com ela, mas a havia perdido. Disse-lhe que desse modo e com essa ausência de material, eu não antecipava um resultado satisfatório. Eu havia pintado retratos sob tais circunstâncias, mas o bom resultado dependia muito da capacidade de descrição das pessoas que me assistiam com suas recordações; em alguns casos, eu havia obtido algum sucesso, mas na maioria das vezes o resultado fora um fracasso. O médico veio, mas não o vi. No entanto, fiquei sabendo que ele ordenou manter seu paciente sob estrita vigilância até que retornasse na manhã seguinte. Percebendo como as coisas andavam e o quanto a pequena dama tinha a fazer, retirei-me cedo para cama. Na manhã seguinte soube que seu pai estava decididamente melhor; ao acordar ele perguntou ansiosamente se eu de fato estava na casa e, na hora do café da manhã, pedira que me dissessem que confiava em que nada atrapalharia minha tentativa de fazer o retrato o quanto antes, e que esperava poder me ver no decorrer do dia.

Logo após o café comecei a trabalhar, ajudado pelas poucas descrições que a irmã conseguiu me dar. Tentei várias vezes, sem conseguir, ou melhor, sem a menor expectativa de conseguir. Os traços, fui informado, separadamente eram parecidos, mas não a expressão. Continuei trabalhando na maior parte do dia sem melhor resultado. Fiz diversas tentativas até a exaustão, mas sempre com o mesmo resultado – nenhuma semelhança. Eu me esforçara ao máximo e, na verdade, estava muito desgastado com isso – circunstância que a pequena dama evidentemente notou, pois expressou sua profunda gratidão pelo empenho que me via dedicar à tarefa e atribuía o mau resultado inteiramente à sua falta de habilidade descritiva. Disse também que aquilo parecia uma provocação. Ela tinha uma gravura – o retrato de uma dama – tão parecida, mas que sumira – dera pela falta dela num caderno seu três semanas atrás. Era o que mais a incomodava, pois estava certa de que teria sido uma imensa ajuda. Perguntei se podia me dizer de quem era a gravura, pois se eu soubesse, poderia facilmente encontrar uma igual em Londres. Respondeu-me que era de Lady M... A... Imediatamente após o nome ser dito, toda a cena da jovem no vagão do trem apresentou-se a mim.

Eu tinha meu bloco de esboços em minha maleta no andar de cima, e, por uma feliz coincidência, junto a ele estava a gravura em questão, com os dois esboços a lápis.

Imediatamente, trouxe-os para baixo e mostrei-os a Maria Lute. Olhou para eles por um momento, voltou o olhar surpreso para mim e disse devagar, com algo parecido com medo em seu jeito de falar:

– Onde você conseguiu isto?

Então, mais rapidamente, e sem aguardar minha resposta:

– Vou levá-los imediatamente para papai.

Esteve ausente por dez minutos ou mais; quando voltou, o pai veio com ela. O homem não esperou por saudações, dizendo, num tom e de um modo que eu não notara nele anteriormente:

– Estava certo o tempo todo; foi você quem eu vi com ela! Estas imagens são dela e de ninguém mais! Têm mais valor pra mim do que tudo, exceto esta querida criança.

A filha também me assegurou que a gravura que eu trouxera só podia ser aquela que fora tirada de seu caderno três semanas antes. Como prova, mostrou-me as marcas de goma na parte de trás, as quais correspondiam exatamente às deixadas na folha em branco. Assim que o pai viu aqueles desenhos, recobrou a saúde mental.

Não me permitiram tocar nenhum dos dois desenhos a lápis no bloco de esboços, pois temiam que eu pudesse estragá-los; uma pintura a óleo baseada neles foi iniciada imediatamente. Sentado atrás de mim hora após hora, o pai dirigia meus traços e, enquanto o fazia, conversava racional e até alegremente. Evitou referências diretas a seus delírios, mas, de vez em quando, direcionava a conversa para a maneira pela qual eu havia originalmente obtido os desenhos. O médico veio à noite, e, após exaltar o tratamento especial que prescrevera, declarou o paciente decidida e – acreditava – permanentemente curado.

Sendo domingo o dia seguinte, fomos todos à igreja. O pai, pela primeira vez, desde sua perda. Durante uma caminhada que fizemos após o almoço, novamente abordou a questão dos desenhos e, após uma certa evidente hesitação em se devia ou não confiar em mim, disse:

– Você ter escrito para mim, para meu nome, do hotel em Litchfield, foi uma daquelas circunstâncias inexplicáveis que, imagino, seja impossível de elucidar. No entanto, soube quem você era no momento em que o vi; quando as pessoas ao meu redor consideravam meu intelecto em desordem, achando incoerente o que eu falava, era apenas porque eu via coisas que eles não podiam enxergar. Desde a morte dela, eu sei, com uma certeza que nada jamais vai abalar, que em diferentes ocasiões estive na presença real e visível de minha querida filha que se foi – mais frequentemente, na verdade, assim que ela morreu, do que recentemente. De todas as vezes em que isso aconteceu, lembro distintamente de vê-la uma vez em um vagão de trem, falando com uma pessoa sentada no lado oposto; quem era essa pessoa eu não poderia dizer, pois eu me situava exatamente atrás dele. Em seguida, eu a vi em uma mesa de jantar, com outras pessoas, e entre aquelas pessoas, estava você, inquestionavelmente. Fiquei sabendo depois que, naquela ocasião, pensavam que eu estava em um dos meus mais longos e violentos ataques, pois eu continuava a vê-la conversando com você, no meio de um numeroso grupo, por algumas horas. Novamente eu a vi, em pé a seu lado, enquanto você escrevia ou desenhava. Depois disso, eu a vi mais uma vez, mais a próxima ocasião em que eu o vi na recepção do hotel. Continuei com o retrato no dia seguinte e, no subsequente, terminei o rosto. Depois disso, trouxe-o comigo para Londres a fim de terminá-lo. Vejo Mr. Lute com frequência desde aquela época; sua saúde está perfeitamente restabelecida e sua atitude e seu ânimo são tão vigorosos quanto se pode esperar de alguém, após alguns anos de tamanha perda. O retrato está agora pendurado em seu quarto, com a gravura e os dois desenhos ao lado, sobre a inscrição:

"C.L., 13 de setembro de 1858, aos 22 anos de idade".

JULGAMENTO POR ASSASSINATO
(1865)

Para ser lido com cautela

Sempre reparei na evidente falta de coragem, mesmo entre pessoas de cultura e inteligência superior, para compartilhar suas próprias experiências psicológicas, quando de algum tipo especial. Quase todo mundo tem medo de que aquilo que contará nesse sentido não vai encontrar paralelo ou correspondência na vida interior do interlocutor, tendendo a ser considerado suspeito ou ridículo. Um honesto viajante que pode ter visto alguma criatura extraordinária, semelhante a uma serpente marinha, não teria o menor escrúpulo em relatar o fato; mas o mesmo viajante experimentando algum singular pressentimento, impulso, uma mudança súbita de ideia, visão (como se diz), ou sonho, ou qualquer outra notável impressão mental, hesitaria consideravelmente antes de confessá-la.

A essa reticência atribuo a maior parte da obscuridade em que assuntos como esses estão envolvidos. Habitualmente não comunicamos nossas experiências de coisas subjetivas, como fazemos com as objetivas. Por conseguinte, a ocorrência de situações desse tipo parece excepcional e realmente é – mas no sentido de ser excepcionalmente mal conhecida.

A respeito do que vou relatar a seguir, não tenho a intenção de estabelecer, contradizer ou defender qualquer teoria. Conheço a história do livreiro de Berlim,[8] estudei o caso da mulher do falecido Astrônomo Real, conforme relatado por sir David Brewster, e acompanhei nos menores detalhes outro caso ainda mais notável de ilusão fantasmagórica ocorrido em meu círculo privado de amizades. É importante acrescentar, quanto a isso, que quem a sofreu (uma dama) não tinha em nenhum grau, por mais distante, parentesco comigo. Qualquer pressuposição equivocada nesse sentido pode sugerir uma explicação parcial de meu próprio caso – mas só parcial – o que seria completamente sem fundamento. Não me pode ser atribuído o desenvolvimento de qualquer característica peculiar por hereditariedade, nunca tive anteriormente qualquer experiência semelhante, nem me aconteceu, desde então, nenhuma outra experiência do gênero.

Não importa se muitos ou poucos anos atrás, um certo assassinato foi cometido na Inglaterra, o qual chamou muita atenção. Ouvimos mais do que o bastante sobre assassinos na medida que aumenta a eminência de sua atrocidade e, se pudesse, eu enterraria a memória desse monstro em particular

---

[8] Trata-se, tanto no caso do livreiro de Berlim, quanto no do Astrônomo Real, de histórias de fantasmas, tidas por verídicas, que circularam em jornais de cidades europeias no século XIX.

junto a seu corpo, sepultado na prisão de Newgate. Propositadamente, abstenho-me de dar qualquer pista sobre a identidade do criminoso em questão.

Quando se descobriu o crime, nenhuma suspeita recaiu – ou talvez seja melhor dizer, pois não posso ser muito preciso quanto aos fatos, que não recaiu notoriamente – sobre o homem que depois foi levado a julgamento. Como nenhuma referência lhe foi feita nos jornais nessa ocasião, é obviamente impossível que qualquer descrição dele tenha sido feita nesses mesmos jornais. É essencial não esquecer isso.

No café da manhã, ao abrir meu jornal, que trazia a primeira notícia do crime, achei-a profundamente interessante, lendo-a com particular atenção duas, senão três vezes. A descoberta aconteceu num dormitório. Quando larguei a folha, percebi numa espécie de *flash* – ou estalo ou fluxo, não sei ao certo como chamar, pois nenhuma palavra me parece satisfatoriamente descritiva – aquele dormitório passando por minha sala, como um retrato extraordinariamente pintado na correnteza de um rio. Apesar de seu deslocamento quase instantâneo, a imagem era perfeitamente nítida; tanto que eu, claramente e com grande alívio, reparei na ausência do cadáver sobre a cama.

Não foi em nenhum lugar romântico que experimentei essa curiosa sensação, mas em meu apartamento em Picadilly, pertinho da esquina da Saint James Street. Era algo totalmente novo para mim. Eu estava numa poltrona naquele momento e a sensação foi acompanhada de um tremor característico, que tirou a poltrona do lugar (mas vale notar que ela escorregava facilmente no assoalho). Fui a uma das janelas (havia duas na sala, que fica no segundo andar) para descansar os olhos com o movimento em Picadilly. Era uma manhã ensolarada de outono e a rua estava muito animada, efervescente. O vento soprava forte. Quando saí à janela, ele trazia do parque um monte de folhas mortas, que, com o sopro, tomou a forma de uma coluna em espiral. Quando esse pilar tombou e as folhas dispersaram, vi dois homens do lado oposto da rua, caminhando do Oeste para o Leste. Estavam um na frente do outro. O que ia à frente olhava com frequência para trás, por sobre seu ombro. O segundo homem o seguia, à distância de uns trinta passos, com a mão direita ameaçadoramente levantada. Primeiramente, atraiu minha atenção a singularidade e a firmeza de seu gesto, num lugar tão público; em segundo lugar, a notável circunstância de que ninguém parecia reparar neles. Os dois homens abriam seu caminho entre os transeuntes, com uma suavidade dificilmente compatível com a ação de caminhar numa calçada. Nenhuma criatura que eu tivesse visto lhes deu passagem, encostou neles ou os olhou depois que se foram. Ao se aproximarem de minha janela, ambos olharam para mim. Vi perfeitamente seus rostos e sei que seria capaz de reconhecê-los em qualquer lugar. Não que tenha percebido nada de verdadeiramente memorável em cada face, a não ser que o homem que vinha primeiro tinha um ar excepcionalmente pálido e a cara do outro, que o seguia, tinha cor de cera suja.

 Sou um solteirão. Meu criado e sua mulher constituem todo o meu círculo doméstico. Trabalho em certo ramo bancário e gostaria que meus deveres como chefe de um departamento fossem tão leves quanto popularmente se supõe. Foram eles que me mantiveram na cidade nesse outono, quando eu bem precisava de uma mudança de ares. Não que estivesse propriamente doente, mas não me sentia bem. Cabe ao leitor entender da maneira que lhe for mais razoável essa minha apatia e a opressiva sensação de pesar sobre mim uma vida monótona, estando eu "ligeiramente dispéptico". Meu renomado médico me garantiu que o real estado da minha saúde nessa ocasião não exigia uma descrição mais drástica e pus entre aspas as palavras da carta com que ele respondeu a uma consulta minha.

Na medida em que as circunstâncias do assassinato, reveladas gradativamente, tomavam mais e mais conta da mente do público, eu as mantinha afastadas da minha, conhecendo-as tão pouco quanto possível, em meio à euforia universal. Mas eu sabia que se levantou a acusação de assassinato doloso contra o suspeito, o qual iria a julgamento em Newgate. Também sabia ter sido o julgamento adiado em sessão da Corte Criminal Central, com base em tecnicalidades processuais e na falta de tempo para a preparação da defesa. Teria ficado sabendo, mais tarde, mas acredito que não, para quando ou para aproximadamente quando o julgamento adiado pela Corte teria lugar.

Minha sala de estar, dormitório e vestiário são todos em um único andar. Com o último só há comunicação pelo dormitório. É verdade que há uma porta nele, que dava para as escadas; mas os encanamentos do banheiro foram lá colocados – e lá continuam há anos –, atravessados ali. Na mesma ocasião, e como parte do mesmo arranjo, a porta foi pregada e inutilizada.

Uma vez, tarde da noite, estava eu de pé em meu dormitório dando algumas ordens ao meu criado, antes de ir dormir. Meu rosto estava voltado para a única porta de comunicação com o vestiário, que estava fechada. Meu criado estava de costas para aquela porta. Enquanto lhe falava, vi-a abrir-se e haver lá dentro um homem, que franca e misteriosamente acenava para mim. Esse homem era aquele da dupla de Piccadilly que vinha em segundo, cuja cara tinha cor de cera suja.

A figura, depois de acenar, recuou e fechou a porta. Sem demorar nada, além do tempo de cruzar o meu dormitório, abri a porta do vestiário e olhei para dentro. Não tinha nenhuma expectativa de ver a figura em seu interior e, de fato, não a vi.

Consciente do espanto de meu criado, voltei-me para ele e disse:

– Derrick, você acredita que senti a impressão de ter visto...

Como nesse momento eu tinha encostado a mão em seu peito, o criado estremeceu violentamente, dizendo:

– Oh Deus, sim senhor! Um homem morto acenando!

Pois bem, não acredito que esse John Derrick, meu fiel e devotado servidor por mais de vinte anos, sentisse qualquer impressão de ver aquela figura, antes de eu tê-lo tocado. A mudança nele foi tão brusca quando o toquei, que acredito plenamente ter-se sua impressão derivado de mim de algum modo misterioso, naquele instante.

Pedi a John Derrick que buscasse um *brandy*, do qual lhe dei um gole, tomando, satisfeito, um também. Sobre a procedência do fenômeno daquela noite, não lhe disse uma palavra. Refletindo sobre o assunto, estava absolutamente certo de nunca ter visto aquele rosto antes, exceto naquela ocasião em Piccadilly.

Comparando sua expressão, ao gesticular na porta, com a que tinha ao me olhar, quando eu estava na janela, cheguei à conclusão que, na primeira ocasião, ele tentou se fixar em minha memória e que, na segunda, quis ter certeza de que seria imediatamente lembrado.

Eu não estava nada bem naquela noite, apesar de sentir uma certeza, difícil de explicar, de que a aparição não voltaria. De manhã, caí num sono pesado, do qual fui despertado por John Derrick, que veio à minha cabeceira com um papel na mão, o qual, parece, fora objeto de altercação à porta, entre meu criado e seu portador. Intimava-me a compor o júri na próxima sessão da Corte Criminal Central em Old Bailey. Eu nunca fora chamado para um júri antes, como John Derrick bem sabia. Ele acreditava – e eu já não sei se com ou sem razão – que jurados, em geral, são convocados entre pessoas de menor classe do que a minha, e, de início, ele se recusou a aceitar a intimação. O homem que a trouxe encarou sua atitude friamente. Disse que meu comparecimento ou ausência do tribunal não era da sua conta; a entrega da intimação, sim; e que eu deveria tratar dela por minha própria conta e risco, não dele.

Por um dia ou dois, fiquei indeciso entre responder ao chamado ou ignorá-lo. Eu não sentia a menor inclinação, influência ou atração, para agir nem de um modo nem de outro. Disso, tenho tanta certeza quanto de qualquer outra declaração que fizer aqui. Finalmente, decidi que, para quebrar a rotina monótona de minha vida, deveria comparecer. A data marcada foi um dia frio do mês de novembro. Havia um denso e cinzento nevoeiro em Piccadilly, que se tornou definitivamente negro e sumamente opressivo nas proximidades de Temple Bar. O caminho e as escadas do Tribunal tinham a iluminação a gás acesa, assim como a sala do júri. *Parece* que até o momento de ser conduzido a ela pelos meirinhos e vê-la lotada, eu não sabia que o assassino seria julgado naquele dia. Até isso ocorrer e eu entrar na velha sala com considerável dificuldade, parece que eu não sabia a qual das duas Varas do tribunal minha intimação me conduzia. Mas isso não deve ser encarado como uma asserção positiva, pois, em minha mente, não estou de todo convencido de cada um desses pontos.

Tomei assento no banco dos jurados e olhei para o recinto como pude, em meio à nuvem de névoa e do ar estagnado que pesava sobre ele. Observei o vapor negro que pairava como uma sombria cortina do lado de lá da grande janela, bem como atentei ao som sufocado de rodas na palha e na cortiça espalhadas na rua; e ainda no rumor das pessoas que andavam ali, do qual se destacava, ocasionalmente, um assobio agudo, um canto ou até o cair da chuva. Pouco depois, os juízes, em número de dois, entraram e ocuparam seus lugares. O burburinho na sala repentinamente cessou. Deu-se a ordem de trazer às barras do tribunal o assassino, que apareceu. No mesmo instante, reconheci-o: era o primeiro dos dois homens que vira em Piccadilly.

Então, se meu nome foi chamado, duvido que tenha conseguido responder de modo audível. Mas me chamaram cerca de cinco ou seis vezes no painel, até que consegui dizer "aqui!". Agora, veja. Mal me levantei, o prisioneiro, que parecia atento, embora não preocupado, ficou agitadíssimo e acenou para seu advogado. O desejo do réu de me trocar por outro jurado era tão manifesto que provocou uma pausa, durante a qual o advogado, com a mão na bancada, cochichou com seu cliente e balançou a cabeça. Fiquei sabendo depois por esse cavalheiro que as primeiras e apavoradas palavras do réu para ele foram: "substitua esse homem a qualquer custo".

Mas, como não deu nenhuma razão para isso, e considerando que não conhecia meu nome até ouvi-lo ser chamado e eu aparecer, isso não aconteceu. Tendo em vista que desejo evitar a nefasta memória desse assassino e também porque um relato detalhado de seu julgamento não é absolutamente indispensável à minha narrativa, devo me restringir apenas aos incidentes naqueles dez dias e noites durante os quais nós, o júri, fomos mantidos juntos; assim como ir diretamente à minha curiosa experiência pessoal. É nisso – e não no assassinato – que procuro interessar o leitor. É para isso e não para uma página na agenda de Newgate, que peço atenção.

Elegeram-me primeiro jurado. No segundo dia do julgamento, depois de as evidências serem expostas por duas horas (ouvi as badaladas do relógio da igreja), acontecendo de olhar para o conjunto dos jurados, senti uma inexplicável dificuldade de saber quantos eram. Contei diversas vezes, sempre com a mesma dificuldade. Em poucas palavras, havia um a mais.

Toquei o colega jurado mais perto de mim e murmurei para ele:

– Agradeceria se você dissesse quantos somos...

Pareceu surpreso com o pedido, mas voltou a cabeça e contou.

– Uai! – exclamou, de repente. – Somos treze..., mas não é possível! Não! Somos doze!

De acordo com a minha conta naquele dia, estávamos no número certo individualmente, mas no conjunto havia um a mais. Não havia propriamente alguém – uma pessoa – que respondesse por isso; mas tenho agora a impressão de que um pressentimento íntimo da pessoa se fazia presente.

O júri foi hospedado em London Tavern. Todos dormimos numa sala em camas individuais. Estávamos a cargo e sob o olhar de um meirinho encarregado de nossa segurança. Não vejo razão para deixar de mencionar o nome desse funcionário. Era inteligente, muito delicado e atencioso e (fico contente por saber) muito respeitado na cidade. Tinha uma presença agradável, bons olhos, invejáveis suíças negras e uma bela voz sonora. Chamava-se Mr. Harker.

Quando nos recolhíamos às nossas doze camas, à noite, o leito de Mr. Harker ficava atravessado diante da porta. Na noite do segundo dia, ainda sem sono, e vendo Mr. Harker sentado em sua cama, fui até ele, sentei ao seu lado e lhe ofereci uma pitada de rapé. Quando sua mão tocou a minha ao se servir de minha caixa, ele sofreu uma espécie de choque e disse:

– Quem está aí?

Seguindo o olhar de Mr. Harker ao longo da sala, vi novamente o espectro que esperava – o segundo dos dois homens que andavam em Piccadilly. Levantei-me e avancei alguns passos; então parei e olhei de volta para Mr. Harker. Estava bem tranquilo, ria e disse em tom bem-humorado:

– Por um momento tive a impressão de que havia aqui um décimo-terceiro jurado, sem cama. Depois, percebi que se tratava apenas do luar.

Sem nada revelar a Mr. Harker, mas convidando-o a caminhar comigo até o fim do salão, assisti ao que o espectro fazia. Ficava por uns poucos momentos ao lado da cama de cada um dos jurados, perto do travesseiro. Ia sempre pelo lado direito da cama, e sempre passava de uma a outra pelo pé da cama seguinte. Pela forma como movia a cabeça, parecia olhar pensativamente para cada pessoa deitada. Não prestou atenção em mim, nem na minha cama, que era a mais próxima da de Mr. Harker. Por fim, pareceu-me ir embora, quando o luar entrou, por uma janela alta, como se por um lance aéreo de degraus.

No dia seguinte, ao desjejum, todo mundo aparentemente sonhara com o homem assassinado, exceto eu e Mr. Harker. Agora estou convicto de que o segundo homem que vi em Piccadilly era o homem assassinado (por assim dizer), como se isso tivesse chegado à minha consciência por seu próprio testemunho. Mas isso também aconteceu e de uma maneira para a qual eu não estava preparado.

No quinto dia do julgamento, quando o caso se aproximava do fim para a acusação, expuseram uma miniatura da cena do crime, com o homem morto desaparecido de seu quarto, quando da descoberta do fato, e depois encontrado num esconderijo onde se viu o assassino cavando. Identificada pela testemunha que prestava depoimento, a miniatura foi apresentada aos juízes, e depois trazida ao júri para exame. Quando um meirinho numa toga preta trazia-a para mim, a imagem do segundo homem de Piccadilly destacou-se da multidão impetuosamente, tomou a miniatura da mão do meirinho e a deu para mim com suas próprias mãos, dizendo, ao mesmo tempo, com um tom de voz baixo e vazio:

– Eu era jovem então e meu rosto não era exangue.

Ele também se pôs entre mim e o colega jurado para quem eu daria a miniatura e entre este e o jurado a quem ele a entregaria, e assim passou-a de mão em mão para todos, trazendo-a depois de volta para mim. Ninguém, entretanto, percebeu o que acontecia.

À mesa e geralmente quando nos recolhíamos sob a custódia de Mr. Harker, discutíamos as questões do dia até chegarmos a um consenso. Nesse quinto dia, estando o caso encerrado para a acusação e tendo diante de nós essa perspectiva em sua forma definitiva, nossa discussão foi mais séria e animada. Entre nós, havia um membro do conselho paroquial – o maior idiota que já passou à minha frente – que colocava as mais absurdas objeções à mais simples das evidências, no que era secundado por dois débeis parasitas da paróquia; os três recrutados em alguma província tão entregue à bobagem, que melhor seria colocá-los em seu próprio julgamento, por milhares de mortes. Quando as tertúlias desses três cretinos haviam chegado ao apogeu, por volta da meia-noite, quando muitos de nós já nos preparávamos para o leito, vi de novo o homem morto. Estava atrás do trio, acenando para mim. Ao me aproximar deles e me intrometer em sua conversação, desapareceu imediatamente. Essa foi a primeira de uma série de aparições no salão em que estávamos confinados. Sempre que algum ponto prendia a atenção dos jurados, eu via a cabeça do homem assassinado entre eles. Sempre que a troca de opiniões parecia pender contra ele, solene e inexoravelmente, acenava para mim.

 Creio que até a entrega da miniatura, no quinto dia do julgamento, eu nunca vira a aparição na corte. Três mudanças ocorreram, quando entramos na apresentação da defesa. Mencionarei duas delas simultaneamente, em primeiro lugar. O fantasma agora estava continuamente na corte e nunca se dirigia a mim, mas sempre à pessoa que então estava falando.

Por exemplo, a garganta do homem assassinado foi cortada de um lado a outro. Na abertura do discurso da defesa, sugeriu-se que o morto poderia ter cortado a própria garganta. Nesse exato instante, o espectro com a garganta na medonha condição mencionada (o que não mostrara antes) posicionou-se ao lado do cotovelo do orador, movendo seu braço de um lado a outro da traqueia, às vezes com a mão direita, às vezes com a esquerda, sugerindo enfaticamente ao próprio orador a impossibilidade de uma ferida desse tipo ter sido infligida por qualquer uma das suas próprias mãos.

Outro exemplo. Uma testemunha acerca do caráter do prisioneiro, mulher, depôs dando conta de que ele era o espécime mais amável da humanidade. O fantasma, nesse instante, postou-se de pé diante dela, olhando-a nos olhos e apontando a expressão maligna do prisioneiro, com o braço estendido e o indicador esticado.

A terceira mudança, a ser agora acrescentada, impressionou-me fortemente, como a de maior destaque e a mais chocante de todas. Não teorizo sobre ela; apenas a exponho e a deixo aí. Apesar de a aparição não ser percebida por ela mesma, por aqueles a quem se endereçava, sua aproximação era invariavelmente marcada por um tremor ou perturbação por parte de cada pessoa. A mim, parecia que isso se regia por leis a que eu não tinha acesso; em vez de revelar-se completamente aos outros, fazia como podia: invisível, silenciosa, esquiva, lançava-se sobre suas mentes. Quando o advogado de defesa sugeriu a hipótese do suicídio e o espectro se colocou ao lado do orador, exibindo sua garganta cortada, é inegável que o advogado ficou sem palavras, perdeu por alguns segundos sua criativa linha de raciocínio, enxugou a testa com o lenço e ficou extremamente pálido. Quando a testemunha do caráter foi confrontada pela aparição, seus olhos com certeza seguiram a direção que o dedo do fantasma apontava e permaneceram hesitantes e embaraçados, diante do rosto do prisioneiro.

Mais duas ilustrações serão suficientes. No oitavo dia do julgamento, depois da pausa feita todos os dias no começo da tarde para repouso e relaxamento, voltei para a corte com o resto dos jurados, pouco antes do retorno dos juízes. Em meu lugar, de pé, e olhando ao meu redor, pensei que o fantasma tinha ido embora, até que, arriscando olhar para as galerias, eu o vi debruçado sobre uma matrona, como quem passa o tempo, enquanto aguardava para ver se os juízes retomavam seus assentos. Imediatamente depois disso, aquela mulher gritou, desmaiou e saiu carregada, assim como o venerável, sagaz e paciente juiz que conduzia a sessão. Quando a exposição do caso estava concluída e ele se preparava e organizava seus papéis para fazer sua súmula, o homem assassinado entrou pela porta dos juízes, avançou na direção de sua excelência e olhou ansiosamente sobre seu ombro, examinando as páginas das notas que o outro redigia. Houve uma mudança no rosto de sua excelência; sua mão parou; o tremor característico que eu conhecia tão bem passou por ele, que vacilou:

– Desculpem-me, cavalheiros, por um instante. O ar denso me deixou meio sufocado.

E não se recobrou até tomar um copo de água.

Por toda a monotonia de seis desses intermináveis dez dias – os mesmos juízes e outros da mesa diretora, o mesmo assassino no banco dos réus, os mesmos advogados nas bancas, o mesmo tom das perguntas e respostas que se elevava ao teto da corte, o mesmo rumor da caneta do juiz, os mesmos meirinhos indo e voltando, as mesmas luzes acesas à mesma hora em que diminuía a luz natural, a mesma cortina do *fog* do outro lado da grande janela, quando havia *fog*, a mesma chuva caindo e tamborilando, se chovia, os mesmos passos de carcereiros e prisioneiro sobre o mesmo pó, as mesmas chaves fechando e abrindo as mesmas pesadas portas –, por toda essa aborrecida rotina que me fez sentir como se fosse chefe dos jurados por um vasto período de tempo, e Piccadilly tivesse florescido na mesma época que a Babilônia, o homem assassinado nunca perdeu um pingo de sua nitidez diante de meus olhos, nem deixou de ser em momento algum menos nítido do que qualquer dos presentes. Não posso omitir, também, que nunca vi a aparição, que chamo pelo nome de homem assassinado, olhar para o assassino. Várias vezes me perguntei: "Por que ele não o olha?". Mas ele nunca o olhou.

Também não olhou para mim, desde a entrega da miniatura, até os últimos momentos do julgamento. Nós nos retiramos para deliberar aos sete minutos antes das dez da noite. O sacristão idiota e seus dois parasitas paroquiais nos deram muito trabalho, de modo a termos de voltar à corte e pedir que certos trechos das anotações do juiz fossem relidas. Nove dos nossos não tinha a menor dúvida sobre essas passagens, nem, acredito, tinha nenhum dos juízes; o triunvirato de cretinos, entretanto, com o intuito exclusivo de tergiversar, debatia, justamente por isso. Enfim, conseguimos prevalecer sobre eles e, finalmente, o júri retornou à corte dez minutos depois da meia-noite.

O homem assassinado, nesse momento, se pôs do lado oposto ao que ficava o júri, do outro lado da sala. Quando tomei meu lugar, seus olhos se fixaram em mim com grande atenção, e ele jogou um grande véu cinza, que desde o começo trazia no braço, sobre sua cabeça e toda a sua pessoa. Quando li nosso veredito – "culpado" –, o véu desapareceu, o espectro sumiu, seu lugar ficou vazio.

Sendo chamado pelo juiz, de acordo com o costume, para dizer o que quisesse antes de receber a sentença de morte, o assassino ruminou alguma coisa que foi descrito nas chamadas dos jornais do dia seguinte como "poucas, confusas, incoerentes e semiaudíveis palavras, com as quais deu a entender que não tinha tido um julgamento justo, pois o chefe dos jurados estava predisposto contra ele". A notável declaração que de fato ele fez foi esta:

– Meritíssimo, eu sabia que estava condenado quando o chefe dos jurados entrou no tribunal. Meritíssimo, eu sabia que ele nunca me inocentaria, pois antes de me sentar aqui, ele, de alguma maneira, apareceu ao lado de minha cama à noite, me acordou e pôs uma corda em meu pescoço.

O HOMEM DO SINAL
(1866)

– Ei, você aí embaixo!

Quando ouviu uma voz que o chamava, estava parado na porta de seu posto, com uma bandeira na mão, enrolada no cabo. Alguém poderia pensar, considerando a natureza do terreno, que não tinha como duvidar de que canto a voz partira; mas, em vez de olhar para o alto, onde me encontrava no topo da ladeira, quase acima de sua cabeça, voltou-se para o outro lado, olhando para a linha do trem. Havia algo de notável em sua maneira de agir, embora eu não pudesse dizer com certeza o que era. Mas sabia ser bastante notável para atrair minha atenção, ainda que sua pessoa estivesse diminuída e na penumbra, no interior do desfiladeiro, e a minha, muito acima dele, tão envolvida no brilho de um melancólico pôr de sol, que precisei proteger os meus olhos com a mão, antes de vê-lo por inteiro.

– Ei, aí embaixo!

Dos trilhos, voltou-se novamente para o outro lado e, levantando os olhos, viu minha pessoa acima de si.

– Existe alguma passagem por onde eu possa descer e falar com você?

Olhou para mim sem responder e olhei para ele, sem logo pressioná-lo com a repetição de minha vã pergunta. Então, sentiu-se uma vaga vibração na terra e no ar, que rapidamente se tornou uma violenta pulsação, e um posterior impulso me fez retroceder, embora devesse me empurrar para baixo. Quando esse vapor que subiu até onde me encontrava, desde o rápido trem que passou por mim, dissipou-se ao longo da paisagem, olhei para baixo de novo e o vi enrolando a bandeira que balançara à passagem do comboio.

Repeti minha pergunta. Depois de uma pausa, em que pareceu me olhar com extrema atenção, apontou com sua bandeira enrolada em direção a um ponto em meu nível, a cerca de uns trezentos metros distante. Falei "está bem" e fui para onde apontava. Ali, por conta de observar muito bem o terreno, descobri uma áspera trilha em zigue-zague descendente, pela qual me enfiei.

A picada era muito profunda e extraordinariamente inclinada. Fora escavada em pedra úmida que se tornava mais escorregadia e molhada, à medida que eu descia. Por esses motivos, achei o caminho longo o bastante para me dar tempo de relembrar o ar singular de relutância ou coação com o qual o homem o apontara.

Quando desci o suficiente do zigue-zague em declive para vê-lo novamente, notei que se encontrava entre os trilhos no caminho pelo qual o trem recém-passara, numa atitude de quem esperava pela minha aparição. Estava com a mão esquerda no queixo e o cotovelo esquerdo apoiado na mão direita, que lhe cruzava o peito. Sua atitude era de tal expectativa e atenção, que parei um instante, a divagar sobre ela.

Retomei meu caminho e, chegando ao nível da ferrovia e aproximando-me dele, vi que era um homem moreno e amarelado, com uma barba escura e sobrancelhas também carregadas. Seu posto ficava no lugar mais solitário e sombrio que eu jamais vira. De ambos os lados, um paredão molhado de rochas escarpadas, que nada permitia ver além do céu; em perspectiva maior à frente, o tortuoso prolongamento desse grande calabouço; a perspectiva menor, do lado oposto, terminava numa sombria luz vermelha e na entrada ainda mais sombria de um túnel negro, em cuja sólida arquitetura havia um ar bárbaro, depressivo e ameaçador. Tão pouca claridade conseguia penetrar nesse local, que ali predominava um cheiro subterrâneo e morto; e tão frio era o vento soprando através dele, que eu me sentia congelar, como se houvesse abandonado o mundo natural.

Antes que o homem se mexesse, eu me aproximara o suficiente para tocá-lo. Sem por isso afastar o olhar de mim, deu um passo atrás e abaixou a mão. Esse era um posto solitário a se ocupar (eu disse), e foi o que chamou minha atenção, quando o avistei lá de cima. Um visitante era uma raridade, eu podia supor; não uma mal vinda raridade, eu esperava. Em mim, o homem devia ver somente alguém toda a vida recluso a estreitos limites, que, encontrando-se enfim livre, teve um novo interesse despertado por essas grandes obras. Com esse propósito, dirigi-me a ele; mas não estou certo dos termos que empreguei; pois, além de não gostar de puxar conversa, havia algo no tipo que me intimidava.

Ele dirigiu o mais curioso dos olhares para a luz vermelha na boca do túnel, olhando tudo em sua proximidade, como se algo ali estivesse faltando, e então olhou para mim. Aquela luz faria parte de suas tarefas? Ou não?

Enquanto lhe examinava o olhar fixo e a face misteriosa, veio-me à mente o pensamento assustador de que se tratava de um espírito e não de um homem. Então, me perguntei se não estava diante de um demente.

Por minha vez, dei um passo atrás. Mas, ao fazer isso, detectei em seus olhos um medo latente de mim, o que afastou o pensamento assustador.

— Você me olha — eu disse, forçando um sorriso — como se eu o assombrasse.

— Estava em dúvida — replicou — se já não o teria visto antes.

— Onde?

O homem apontou para a luz vermelha que olhara.

— Lá? — perguntei.

Examinando-me obstinadamente, respondeu (sem emitir som):

— Sim.

— Meu amigo, o que eu estaria fazendo lá? De qualquer modo, seja como for, nunca estive ali, pode ter certeza.

— Acho que sim — concordou. — É, tenho certeza.

Suas maneiras abrandaram, como também as minhas. Respondeu minhas observações com presteza, e palavras adequadas. Tinha muito que fazer aqui? Sim; quer dizer, tinha grande responsabilidade; mas o que se exigia dele eram exatidão e vigilância, enquanto trabalho de fato – trabalho braçal – quase não existia. Mudar aquele sinal, deixar as luzes bem claras, e virar uma manivela de ferro de vez em quando era tudo naquele emprego. Quanto às longas e solitárias horas que eu imaginava ser a maioria, tinha somente a dizer que a rotina de sua vida se amoldara àquela forma e que se acostumara. Ensinara a si mesmo uma língua ali embaixo, caso apenas sabê-la visualmente e ter formado uma crua e própria ideia de sua pronúncia possa se considerar um aprendizado. Também fazia contas com frações e decimais, e arriscava um pouco de álgebra; mas era – e desde menino sempre fora – ruim com números.

Era-lhe necessário, quando a trabalho, permanecer sempre naquele desfiladeiro de ar doentio, entre as altas paredes de pedra, sem nunca poder subir em direção ao sol? Bem, isso dependia do tempo e das circunstâncias. Sob certas condições havia menos a fazer na linha do que em outras, o que também se podia dizer sobre algumas horas do dia e da noite. Com tempo bom, aproveitava algumas ocasiões para escapar daquelas profundezas sombrias; mas, como podia sempre ser chamado ao dever por uma campainha; e, às vezes, esperava o chamado com redobrada preocupação, o alívio podia ser menor do que eu supunha.

Levou-me à sua casa, onde havia uma lareira, uma mesa para o livro de ocorrências, onde tinha de fazer certas marcações, um telégrafo, com todos os seus componentes, e a pequena campainha de que falara. Acreditando que perdoaria o comentário de ser ele um homem bem formado, (e espero poder dizer isso sem ofender), talvez com uma educação superior à de seu cargo, observou que certas incoerências dos ilustrados raramente são encontradas em grande parte das pessoas comuns; que tinha ouvido ser assim nas fábricas, na polícia, e até nesse último e desesperado recurso que é o exército; e sabia ser assim também, mais ou menos, em meio à maioria dos ferroviários. Tinha sido, quando jovem (se eu podia acreditar nisso, sentado naquela casinhola – ele quase não podia), um estudante de filosofia natural, e assistiu conferências; mas mandou tudo às favas, desprezou as oportunidades, veio abaixo e nunca se levantou novamente. Não se queixava disso, porém. Fizera sua cama e nela estava deitado. Era muito tarde para começar de novo.

Tudo que resumi aqui, ele disse de maneira calma, com seus graves olhares sóbrios divididos entre mim e o fogo da lareira. Usava a palavra "senhor" algumas vezes, especialmente quando se referia à sua juventude, como se quisesse me fazer entender que não pretendia se passar por mais do que eu via. Foi diversas vezes interrompido pela campainha e teve de receber mensagens e respondê-las. Uma vez, teve de sair porta afora e acenar com a bandeira, na passagem de um trem, fazendo um comunicado verbal ao maquinista. A bem de suas obrigações, percebi que era realmente exato e vigilante, interrompendo-se no meio de uma sílaba e permanecendo em silêncio até completar o que tinha de ser feito.

Em poucas palavras, eu poderia afirmar que esse homem era o mais indicado para exercer aquele cargo, exceto pelo fato de que, enquanto falava comigo, por duas vezes ficou pálido, atentou para a campainha quando ela não estava tocando, abriu a porta de sua cabana (que se mantinha fechada para impedir a entrada do mal ar), e fixou a luz vermelha perto da boca do túnel. Nessas duas ocasiões, voltou para perto da lareira com aquele ar inexplicável que eu percebera, sem ser capaz de definir, quando o vi lá de cima.

Quando me levantei para deixá-lo, eu disse:

— Você quase me fez pensar que encontrei um homem feliz.

(Devo dizer que disse isso para encorajá-lo.)

— Acredito que já fui, sim, um dia — concordou, na voz baixa com que iniciara a conversa —, mas ando muito atormentado, muito atormentado.

Teria retirado o que disse, se pudesse. Mas, como tinha dito, não perdi a ocasião de perguntar:

— Com o quê? O que o atormenta?

— É difícil explicar, senhor. É muito, muito difícil falar disso. Se o senhor me fizer outra visita algum dia, tentarei lhe contar.

— Claro que pretendo visitá-lo de novo. Diga quando pode ser.

— Vou sair cedo pela manhã, mas estarei de volta às dez da noite.

— Virei às onze.

Agradeceu-me e saiu pela porta comigo.

— Vou acender uma luz forte, senhor — disse, com sua voz baixa característica — até que encontre a trilha. Quando encontrar, não grite! E quando chegar lá em cima, não grite!

Seu jeito pareceu tornar o lugar mais frio para mim, mas eu não disse mais que:

— Tudo bem.

— E quando vier amanhã à noite, não grite! Deixe-me lhe fazer uma última questão: o que o levou a gritar "Ei, você aí embaixo!" esta noite?

– Sabe Deus! – falei. – Gritei qualquer coisa do gênero...
– Do gênero não, senhor. Essas foram as suas exatas palavras. Eu as conheço bem.
– Admito que essas foram minhas palavras. Disse-as, sem dúvida, porque o vi aqui embaixo.
– Por nenhuma outra razão?
– Que outra razão eu poderia ter?
– Não pressentiu que lhe chegaram de algum modo sobrenatural?
– Não.
Deu-me boa noite e acendeu a luz. Caminhei ao lado dos trilhos (com a muito desagradável sensação de ser seguido por um trem) até encontrar a trilha. Foi mais fácil subir do que descer e cheguei à minha pousada sem nenhuma aventura.

Pontual com o meu compromisso, coloquei o pé no primeiro degrau da trilha na noite seguinte, quando relógios distantes batiam as onze. Ele esperava por mim lá embaixo, com a luz forte acesa.

– Não gritei – falei quando me aproximei dele. – Posso falar agora?
– Claro! À vontade.
– Boa noite, então, e aperte minha mão.
– Boa noite, senhor. Aperte a minha.

Com isso, caminhamos lado a lado para sua cabana, entramos, fechamos a porta e sentamos em frente ao fogo.

– Estou pronto – começou, abaixando o tronco para a frente assim que nos sentamos e falando num tom pouco acima de um sussurro. – O senhor não precisará perguntar novamente o que me atormenta. Tomei-o por outro alguém ontem à noite. Isso me atormenta.

– Esse equívoco?
– Não. Esse alguém.
– Quem?
– Não sei.
– Parece comigo?
– Não sei. Nunca vi seu rosto. Seu braço esquerdo está diante do rosto e o braço direito está se agitando – agitando violentamente. Desse modo.

Acompanhei o movimento com os olhos e se tratava da ação de um braço gesticulando com emoção e veemência, num pedido de socorro: "Pelo amor de Deus, me ajude!"

– Numa noite de lua – o homem disse –, eu estava sentado aqui, quando ouvi uma voz gritando "Ei, você aí embaixo"! Levantei-me apressado, olhei pela porta e vi esse alguém de pé ao lado da luz vermelha no túnel, agitando o braço como lhe mostrei agora. A voz parecia rouca de tanto gritar, mas gritava: "Atenção! Atenção!" E então, de novo "Ei, aí embaixo! Atenção!" Peguei minha lanterna, liguei o vermelho e corri em direção à pessoa, perguntando: "Qual é o problema? O que aconteceu? Onde?" Ele estava exatamente ao lado da boca negra do túnel. Cheguei tão perto dele, que me surpreendi por ele manter o braço atravessado sobre seus olhos. Aproximei-me ainda mais e estendi a mão para afastar-lhe o braço, mas ele tinha ido embora.

– Entrou no túnel? – perguntei.
– Não. Eu me enfiei no túnel, por quinhentos metros. Então parei e levantei a lanterna acima de minha cabeça, e vi as placas com os números da distância, e vi as marcas da umidade espalhando-se pelas paredes e derramando-se a partir do arco. Corri para fora mais rápido do que tinha

corrido para dentro (porque sinto uma aversão mortal a ter um lugar acima de mim), e olhei ao redor da luz vermelha com minha própria luz vermelha, e subi a escada de ferro para a galeria no alto, e desci de novo e corri de volta até aqui. Telegrafei às duas pontas da linha: "Um alarme foi dado. Há alguma coisa errada?". A resposta voltou, dos dois lados: "Tudo bem".

Sentindo o toque lento de um dedo gelado percorrer-me a espinha, mostrei-lhe como essa figura deveria ser uma ilusão de seus sentidos; e como figuras assim, que se originam de perturbações dos delicados nervos que administram a função dos olhos, eram conhecidas por acometer pacientes, alguns dos quais tornaram-se conscientes da natureza de sua aflição, chegando a comprová-la com experimentos neles mesmos.

– Quanto a um grito imaginário – prossegui –, ouça apenas, por um momento, o vento desse estranho vale, enquanto falamos tão baixo, e a harpa em que ele transforma os fios do telégrafo.

Isso estava muito bem, ele replicou, depois de termos ficado à escuta por um instante, e ele certamente sabia alguma coisa acerca do vento e dos fios – ele que tão frequentemente passou longas noites de inverno ali, sozinho a observar. Mas ele fez questão de notar que não tinha terminado.

Pedi desculpas e ele lentamente acrescentou essas palavras, segurando meu braço:

– Seis horas depois da aparição, aconteceu um terrível acidente nessa linha e, quatro horas depois, os mortos e feridos eram retirados do túnel, no exato lugar onde o vulto apareceu.

Um incômodo calafrio me sacudiu, mas resisti o melhor que podia. Não havia como negar, ponderei, que essa fora uma notável coincidência, profundamente adequada para lhe impressionar a mente. Mas era inquestionável que incríveis coincidências ocorrem continuamente, e elas devem ser levadas em conta quando se trata de um assunto como esse. No entanto, eu admitia (pois pensei vê-lo estar prestes a usar essa objeção contra mim) que homens de bom senso não dão maior atenção à coincidência ao fazer os cálculos triviais da vida.

Novamente, pediu para eu observar que não havia terminado.

Novamente, pedi desculpas por importuná-lo com interrupções.

– Isso – ele disse, mais uma vez com a mão em meu braço e olhando sobre os seus ombros com os olhos vazios – foi somente há um ano. Seis ou sete meses se passaram e eu me recuperei da surpresa e do choque, quando, um dia, mal a manhã chegava, encontrando-me à porta, olhei para a luz vermelha e vi o espectro novamente.

Parou, com o olhar fixo em mim.

– Ele gritou?

– Não. Fazia silêncio.

– Ele agitou o braço?

– Não. Inclinou-se para o facho de luz com as duas mãos diante da face. Assim.

Mais uma vez observei com atenção o gesto. Era um gesto de luto, como os que se veem em estátuas sobre túmulos.

– Você foi até ele?

– Eu entrei aqui e me sentei, em parte para organizar meus pensamentos, em parte porque estava para desmaiar. Quando saí pela porta de novo, o dia estava claro e o fantasma tinha sumido.

– E nada se seguiu? Nada aconteceu depois?

Tocou-me o braço com o indicador duas ou três vezes, balançando com dificuldade a cabeça a cada vez.

– Nesse mesmo dia, quando um trem saiu do túnel, notei, pela janela de um vagão do meu lado, o que parecia ser uma confusão de cabeças e braços, e algo se agitando. Vi isso no tempo exato de fazer um sinal para o maquinista, "Pare"! Ele desligou a máquina e acionou o breque, mas o trem ainda se arrastou cento e cinquenta metros ou mais. Corri até lá e, enquanto entrava nele, ouvi gritos terríveis e choro. Uma bela jovem tinha morrido subitamente em um dos compartimentos e foi trazida para cá, onde a deixaram jazer, neste solo diante de nós dois.

Involuntariamente, puxei minha cadeira para trás, olhando para o chão, que ele apontava.

– Verdade, senhor, verdade. Exatamente como aconteceu, assim eu lhe contei.

Não consegui pensar em nada para dizer e minha boca estava muito seca. O vento e o fio do telégrafo prolongaram a história, com um uivo longo e doloroso.

Prosseguiu:

– Agora, senhor, veja isso e imagine como ando atormentado. O espectro voltou há uma semana. Desde então, tem estado lá, de tempos em tempos, aos trancos.

– Na luz?

– Na luz de perigo.

– O que ele parece querer?

Repetiu, se possível, com maior paixão e veemência, a gesticulação como quem diz "Pelo amor de Deus, liberem o caminho!"

Então, continuou:

– Não tenho tido paz nem descanso. Ele me chama, por vários minutos, de maneira agoniada, "Ei, aí embaixo! Atenção! Atenção!" E acena para mim. Toca minha campainha.

Agarrei-me a isso:

– Ele tocou sua campainha ontem à noite, quando estive aqui e você saiu à porta?

– Duas vezes.

– Então – eu disse –, veja como sua imaginação o confundiu. Meus olhos estavam na campainha e, se me entendo por gente, ela *não* tocou nesse momento. Não, nem em momento nenhum, exceto quando seguiu o curso natural das coisas físicas da estação se comunicando com você.

Balançou a cabeça.

– Eu nunca me enganei quanto a isso até agora, senhor. Nunca confundi o toque do espectro com o do homem. O toque do fantasma é uma estranha vibração na campainha que não vem de nada mais, e eu não afirmei que a campainha visivelmente se mexeu. Não duvido que o senhor não tenha conseguido ouvi-la. Mas *eu* ouvi.

– E o espectro parecia estar aqui, quando você olhou?

– Ele *estava* aqui.

– As duas vezes?

Repetiu com firmeza:

– As duas vezes.

– Você viria comigo até a porta e procuraria por ele agora?

Mordeu os lábios como se não se sentisse à vontade, mas levantou. Abri a porta e fiquei no degrau, enquanto ele ficou no limiar. Lá estava a luz vermelha. Lá estava a lúgubre boca do túnel. Lá estavam as paredes úmidas de pedra do caminho. Havia estrelas acima delas.

— Você o vê? — perguntei, observando especialmente seu rosto.

Seus olhos estavam saltados e nervosos, mas não muito mais, talvez, do que os meus, quando os dirigi ansiosamente ao mesmo lugar.

— Não. Ele não está lá.

— De acordo — eu disse.

Voltamos para dentro, fechamos a porta e nos sentamos de novo. Eu pensava num modo de aumentar a vantagem, se posso chamá-la assim, quando ele retomou a conversa da maneira tão natural, considerando não haver a menor discordância entre nós, que me senti na mais insegura das posições.

— Desta vez, o senhor vai entender plenamente — ele disse — que o que me atormenta tanto é a questão: o que esse espectro significa?

Eu não estava tão certo, contei-lhe, que eu entendesse totalmente.

— Sobre o que ele está me avisando? — quis saber, ruminando, com seus olhos no fogo e apenas de vez em quando em mim.

— Qual é o perigo? Onde está o perigo? Há perigo pairando sobre algum lugar da linha. Alguma terrível calamidade vai acontecer. Não há o que duvidar dessa terceira vez, depois do que aconteceu antes. Mas claro que isso é uma cruel assombração para *mim*. O que *posso* fazer?

Puxou seu lenço e enxugou as gotas de sua testa suada.

– Se aviso do perigo a cada lado de meu posto ou para os dois, não tenho como me explicar – prosseguiu, esfregando as palmas das mãos. – Terei problemas e nada farei de bom. Vão pensar que estou doido. A coisa vai funcionar assim: Mensagem – "Perigo! Cuidado!" Resposta – "Que perigo? Onde?" Mensagem – "Sei lá! Mas, pelo amor de Deus, cuidado!" Vão me demitir. Que mais podem fazer?

A dor que sentia era mais lamentável de se ver. Era uma tortura mental para um homem conscencioso, oprimido além de sua resistência por uma ininteligível responsabilidade envolvendo vidas.

– Quando ele apareceu pela primeira vez na luz vermelha – prosseguiu, ajeitando os cabelos negros atrás da cabeça e depois acariciando lentamente as têmporas, num extremo febril de angústia –, por que não me disse onde o acidente iria acontecer? Por que não dizer como poderia ser evitado? Na segunda vez, quando apareceu escondendo a face, por que em vez disso não me disse: "Ela vai morrer. Mantenham-na em casa?" Se ele veio, nessas duas ocasiões, apenas para me mostrar que seus alertas são verdadeiros, e assim me preparar para a terceira, por que não me dizer tudo agora? E Deus me ajude! Um simples e pobre sinaleiro nessa estação solitária! Por que não ir a alguém com prestígio para ser acreditado e com poder para agir?

Quando o vi nesse estado, pensando tanto no bem dele quanto no da segurança pública, tudo o que eu podia fazer ali era acalmá-lo. Além disso, deixando de lado qualquer questão acerca de realidade ou irrealidade entre nós, mostrei-lhe que alguém que o dispensasse desse dever faria bem e que, ao menos, era para ele um conforto saber que entendia seu dever, ainda que não entendesse essas misteriosas aparições. Fui mais bem-sucedido nesse esforço do que em fazê-lo deixar de lado sua convicção. Ele se acalmou; as ocupações de seu posto, à medida que a noite avançava, demandaram cada vez mais a sua atenção e eu o deixei às duas da manhã. Ofereci-me para ficar a noite inteira, mas ele nem quis falar disso.

Que olhei mais de uma vez para a luz vermelha enquanto subia pela trilha, que não gostava da luz vermelha, e que não teria dormido pior se tivesse feito a cama debaixo dela, não tenho a esconder. Também não gostei das sequências do acidente e da moça morta. Não vejo por que esconder isso também.

Mas o que mais ocupava meus pensamentos era a consideração do que eu devia fazer, tendo me tornado o confidente desse segredo. Estava provado que o homem era inteligente, vigilante, cuidadoso e exato; mas quanto tempo poderia permanecer assim nesse estado de espírito? Apesar de sua posição subordinada, ele desempenhava um papel de máxima responsabilidade, gostaria eu (por exemplo) de arriscar minha vida nas probabilidades de ele continuar a desempenhá-lo com todo o rigor?

Incapaz de superar o sentimento de que seria uma traição de minha parte comunicar a seus superiores na companhia o que ele havia me contado, sem antes entrar em acordo com ele e lhe propor um meio termo, resolvi afinal oferecer acompanhá-lo (guardando seu segredo por hora) ao melhor médico das redondezas e ouvir sua opinião.

Uma mudança em seu horário de trabalho aconteceria na noite seguinte, tinha me contado, e ele estaria longe a partir das primeiras horas da manhã, só voltando logo após o pôr do sol. Eu me comprometera a voltar nesse horário.

A noite seguinte foi uma noite adorável e eu saí cedo para aproveitá-la. O sol ainda não se pusera de todo quando cheguei ao topo da trilha. Eu daria a minha caminhada de uma hora, disse a mim mesmo, meia hora para ir, meia para voltar, e seria o tempo certo para eu ir à casinha do sinaleiro.

Antes de seguir meu caminho, parei na beirada do desfiladeiro e mecanicamente olhei para baixo, desde o ponto em que pela primeira vez o vi. Não posso descrever o terror que se apoderou de mim quando, perto da boca do túnel, eu vi a figura de um homem, com o braço esquerdo sobre a face, agitando freneticamente seu braço direito.

Esse horror inominável que me devastou passou num instante, pois em seguida pude ver que essa figura de homem era de fato um homem e que havia um pequeno grupo de homens, de pé a pouca distância, a quem ele parecia dirigir o gesto que fazia. A luz vermelha ainda não estava acesa. Contra um poste, uma pequena barraca, totalmente nova para mim, fora erguida com varas e lona. Parecia menor do que uma cama.

Com uma irresistível sensação de que algo estava errado, com um súbito e vergonhoso medo de que um equívoco fatal acontecera por eu ter largado o homem ali e não ter chamado ninguém para supervisionar ou corrigir o que ele fez, desci pela trilha tortuosa com a maior rapidez de que era capaz.

– Qual é o problema? – perguntei aos homens.

– Um sinaleiro morreu nesta manhã, senhor.

– Não o homem que morava aqui?

– Ele, senhor.

— Não o homem que conheci?

— O senhor o reconhecerá, se o conheceu — disse o homem que falava pelos outros, descobrindo solenemente a cabeça e afastando um pedaço da lona da barraca —, pois seu rosto está quase intato.

— Mas como isso aconteceu? Como isso aconteceu? — perguntei, voltando-me para cada um deles, à medida que a barraca era fechada novamente.

— Ele foi atropelado por uma locomotiva, senhor. Não havia na Inglaterra homem que conhecesse melhor seu serviço. Mas não sei como ele perdeu a noção dos trilhos. Foi em plena luz do dia. Ele tinha apagado a luz e segurava a lanterna na mão. Quando a locomotiva saiu do túnel, ele estava de costas para ela. Esse era o maquinista e estava nos mostrando como aconteceu. Mostre para o cavalheiro, Tom.

O homem, que usava um uniforme escuro, voltou ao lugar onde se encontrava, na boca do túnel.

— Eu saía da curva do túnel, senhor — ele disse — e o vi no final, como se eu o visse por uma luneta. Não houve tempo de diminuir a velocidade, e eu sabia que ele era muito cuidadoso. Como ele pareceu não ouvir o apito do trem, eu o desliguei enquanto me aproximava dele e gritei o mais alto que podia.

— O que você disse?

— Disse: "Ei, aí embaixo! Atenção! Atenção! Pelo amor de Deus! Libere o caminho!"

Fiquei pasmo.

— Ah! Foi uma coisa horrível, senhor. Não parei de chamá-lo. Então coloquei esse braço acima dos olhos para não vê-lo e continuei agitando o outro o mais que podia; mas não adiantava mais.

Sem prolongar a narrativa para me demorar em alguma circunstância em detrimento de outra, eu devo, para encerrá-la, enfatizar a coincidência de que o alerta dado pelo maquinista incluía não só as palavras que o desventurado homem do sinal repetiu para mim, assombrado, mas também as palavras que eu mesmo – não ele – relacionara, e só em minha própria mente, à gesticulação que ele havia imitado.

BIOGRAFIAS

DICKENS — VIDA E OBRA

Charles John Huffan Dickens nasceu em 7 de fevereiro de 1812, na cidade de Portsmouth, no litoral sul da Inglaterra. Era o segundo filho de John e Elizabeth Dickens, que ainda teriam mais seis filhos. O pai era funcionário da Armada e a família tinha um padrão de vida confortável. O pequeno Charles foi alfabetizado pela mãe, que também lhe ensinou latim, além do inglês.

Uma figura marcante de sua primeira infância foi a babá Mary Weller, cujo talento para contar histórias era grande, exercendo forte influência na vocação de Dickens para a literatura. O menino, aliás, era um leitor voraz, fã dos romances picarescos de autores como Tobias Smollett e Henry Fielding. Tinha também uma memória fotográfica, que seria fundamental para o seu trabalho de escritor.

A vida confortável da família Dickens era bancada com despesas muito acima do orçamento do seu chefe. Em 1824, John Dickens foi condenado à prisão por não honrar suas dívidas. Em situação financeira precária, a família separou-se. Charles foi viver com uma amiga da mãe e precisou trabalhar para ganhar seu sustento e ajudar os familiares. Entrou para uma fábrica de graxa de sapato, a Warren's Blacking Warehouse, onde colava os rótulos nas latas do produto.

O impacto dessa mudança de vida e as duras condições que experimentou como menino-operário foram decisivas na formação de Charles Dickens, cujos romances vão retratar particularmente a difícil situação dos trabalhadores e dos pobres em Londres, durante a consolidação da Revolução Industrial. É verdade que após alguns meses de prisão, a mãe de John Dickens morreu, deixando uma herança com que as dívidas foram saldadas e o preso libertado. Por outro lado, a mãe de Dickens ainda o deixou trabalhando na fábrica por algum tempo, injustiça que o deixou ressentido com a mãe e desconfiado das mulheres.

Entretanto, Charles Dickens voltou a estudar, concluindo os estudos secundários na Wellington's House Academy. Em 1827, começou a trabalhar num escritório de advocacia. Não gostou do trabalho no ambiente jurídico, mas adquiriu conhecimentos que lhe permitiram tornar-se repórter, cobrindo os acontecimentos dos tribunais. Nessa época, passou por uma desilusão amorosa, tendo se apaixonado pela filha de um banqueiro, cuja situação social era acima da sua. Foi rejeitado pela família da moça, que também o esqueceu brevemente, na viagem à Paris em que os pais a despacharam com essa finalidade.

Em 1832, Dickens já tinha se firmado como repórter, ao mesmo tempo que suas crônicas e retratos do cotidiano da Inglaterra caíra no gosto dos leitores. Assim, ele resolveu juntar várias narrativas desse tipo num único romance, produzindo seu primeiro trabalho de maior fôlego, *The Pickwick Papers* (que teve títulos diferentes em português, como *As aventuras do sr. Pickwick* ou *Os documentos Pickwick*). Publicado originalmente sob a forma de folhetim, o romance foi lançado como livro em 1836 e vendeu 40 mil exemplares, tendo se tornado um *best-seller* para os padrões da época.

No mesmo ano, o autor se casou com Catherine Thomsom Hogarth, com quem teria dez filhos. O sucesso inicial lhe permitiu sustentar a família e seguir carreira literária e editorial, mesmo porque outro sucesso rapidamente se seguiu, em 1838: *Oliver Twist*, que consagraria definitivamente o escritor.

Convém lembrar que Dickens, como era costume então, fazia leituras públicas de sua obra, e o público pagava para ouvi-las. Era outra forma de veiculação do conteúdo dos livros, numa época em que não existia rádio, cinema ou televisão.

Em 1842, Dickens fez uma viagem aos Estados Unidos para divulgar sua obra e realizar leituras públicas. Na América, ao descobrir que suas obras eram pirateadas, isto é, publicadas sem a devida autorização por editores oportunistas, o autor desencadeou um grande debate sobre pirataria editorial e direitos autorais. No ano seguinte, com a publicação de *A Christmas Carol* (*Um cântico de Natal*), outro sucesso, Dickens deu ao Natal uma nova importância no ambiente protestante e anglo-saxônico, onde essa não era uma data religiosa de destaque.

A partir de então, em termos de fatos, não há muito o que mencionar na biografia de Dickens, com algumas poucas exceções. O que se pode apontar, preferencialmente, são as publicações de suas obras principais, como o romance *David Copperfield*, de 1850, caraterizado por seu estilo autobiográfico, bem como por preocupação formal e densidade psicológica maiores do que as das obras anteriores.

Merecem destaque também as obras *A Tale of Two Cities* (*Um conto de duas cidades*), de 1859, e *Great Expectations* (*Grandes expectativas*), de 1861. Charles Dickens foi, entretanto, um escritor prolífico, tendo deixado uma vasta obra que, além de romances, inclui contos, crônicas, poemas, teatro e textos jornalísticos. Foi também o editor de duas revistas semanais de sucesso, *Household Words* e *All the Year Round*. As leituras públicas também o ocuparam quase até o fim da vida.

Em 1857, provocou escândalo em Londres a sua separação da esposa, que Dickens largou ao apaixonar-se pela atriz Ellen Ternan, de 18 anos, que ele havia contratado para atuar na peça *The Frozen Deep*, que escreveu com o amigo e colaborador Wilkie Collins, que publicaria um dos maiores *best-sellers* do século XIX, *The Woman in White* (*A mulher de branco*), em 1860.

Nos anos de 1868 e 1869, Dickens programou uma temporada de leituras públicas com que se despediria dos auditórios, mas foi forçado a interrompê-la, em virtude de um derrame, que lhe impôs uma série de restrições. Ainda assim, participou de alguns eventos, como um banquete em sua homenagem na Royal Academy of Arts de Londres, com a presença do príncipe e da princesa de Gales. Em 8 de junho de 1870, foi acometido por novo derrame, do qual não se recobrou, morrendo no dia seguinte.

É importante lembrar que a maioria das obras de Dickens era ilustrada desde sua primeira edição, e que Dickens sempre prestigiou seus ilustradores, a quem pautava. A maioria de seus textos literários se caracteriza por um estilo elaborado, personagens muito fortes, elementos autobiográficos e acentuada crítica social. Dickens repudia a rígida estratificacão da sociedade vitoriana, mostrando o lado sombrio da Inglaterra de então.

A influência de Dickens na literatura em língua inglesa que o sucedeu é inegável, mas a opinião de muitos escritores sobre ele não é nada lisonjeira. O poeta Wordsworth o considerava "tagarela e vulgar". O anglo-americano Henry James o chamou de "o maior dos romancistas superficiais". Virgínia Woolf considerava suas obras "arrebatadoras", mas condenava seu "sentimentalismo e o estilo recheado de lugares comuns". O autor de *Oliver Twist* deu mais sorte com a esquerda: era admirado por Karl Marx, e Bernard Shaw dizia que *Great Expectations* era mais subversivo que *O Capital*.

ANTONIO CARLOS OLIVIERI

É formado em Letras pela USP, foi professor de língua portuguesa e literatura brasileira durante oito anos e lecionou redação técnica no ITA e Redação publicitária na Universidade de Taubaté. Como sempre gostou de escrever, tornou-se jornalista ainda adolescente e, por isso, conseguiu o registro profissional nessa categoria, mesmo sem o diploma universitário. Trabalhou na *Folha de S. Paulo*, colaborou com diversas revistas do grupo Abril, com a revista *Carta Capital* e o *Jornal do Brasil*, além de se dedicar à assessoria de imprensa em editoras como a Ática, Scipione, Sextante e Palas Athena, e também assessorou a Fundação Perseu Abramo. Ministrou cursos de assessoria de imprensa para o mercado editorial na Universidade do Livro, da Fundação Editora Unesp – Universidade Estadual Paulista.

Foi responsável pela tradução dos contos *O homem do sinal*, *Quatro histórias de fantasmas* e *Julgamento por assassinato*.

GEORGE SCHLESINGER

Nasceu em São Paulo. Morou e estudou alguns anos no exterior, tendo se formado em engenharia civil. Há mais de 35 anos dedica-se a traduções nas mais diversas áreas. Entre outros trabalhos, traduziu do hebraico os mais importantes autores israelenses da atualidade. Sua formação universitária tem-lhe permitido assumir traduções de divulgação científica. Foi também editor durante mais de dez anos.

Foi responsável pela tradução dos contos *O Barão de Grogzwig* e *Para ser lido no crepúsculo*.

MARIA REGINA DE ALMEIDA

Nasceu em São Paulo. Desde adolescente, interessou-se pela língua inglesa, o que a levou ao curso de Letras, na Universidade de São Paulo, onde obteve os graus de bacharel e licenciada em Inglês. Viveu por vários anos na Suécia, onde estudou pedagogia na Universidade de Estocolmo. Atua como professora de Inglês em escolas de línguas e é examinadora autorizada de provas para obtenção do certificado de Cambridge (CAE e FCE). Recentemente, começou a dedicar-se também à tradução.

Foi responsável pela tradução dos contos *Manuscrito de um louco*, *Confissão encontrada em uma prisão da época de Charles II* e *A história do pintor de retratos*.

Impresso por :

Graphium
gráfica e editora
Tel.:11 2769-9056